DREAMBOOKS

呪術王

주술왕

재신 신무협 장편소설

ORIENTAL FANTASY STORY & ADVENTURE

1

dream
books
드림북스

주술왕 1

초판 1쇄 인쇄 / 2014년 4월 18일
초판 1쇄 발행 / 2014년 4월 25일

지은이 / 재신

발행인 / 오영배
책임편집 / 편집부
펴낸 곳 / (주)삼양출판사 · 드림북스

주소 / 서울특별시 강북구 솔샘로67길 92
대표 전화 / 02-980-2112 팩스 / 02-983-0660
편집부 전화 / 02-980-2116 팩스 / 02-983-8201
블로그 / blog.naver.com/dreambookss

등록번호 / 제9-00046호
등록일자 / 1999년 3월 11일

ⓒ 재신, 2014

값 8,000원

ISBN 979-11-313-0001-5 (04810) / 979-11-313-0000-8 (세트)

* 지은이와 협의하에 인지는 생략합니다.
* 잘못된 책은 구입한 곳에서 바꾸어 드립니다.

이 도서의 국립중앙도서관 출판시도서목록(CIP)은 서지정보유통지원시스홈페이지(http://
seoji.nl.go.kr)와 국가자료공동목록시스템(http://www.nl.go.kr/kolisnet)에서 이용하실 수
있습니다. (CIP제어번호: 2014012292)

주술왕

光王

1

재신 신무협 장편소설

ORIENTAL FANTASY STORY & ADVENTURE

dream
books
드림북스

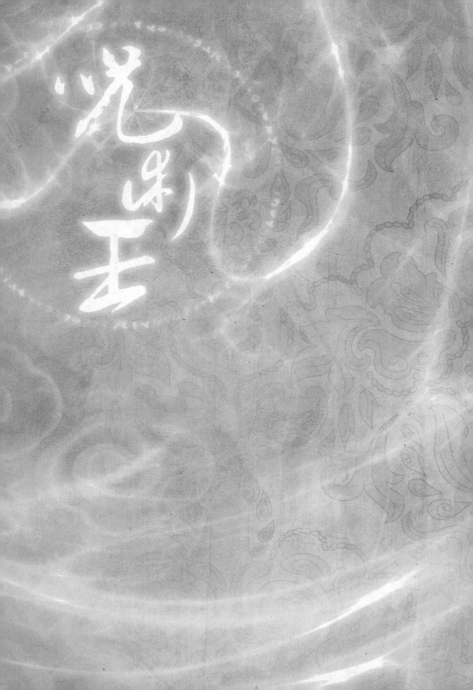

목차

●

序

사람들은 말한다.

세상을 좌지우지하는 힘의 근원이 바로 무(武)라고…….

그러나 아는가, 세상이여?

무(武) 이전에 주(呪)가 있었다는 사실을?

태초에 하늘이 열리고 돌을 깎아 무기를 만들고 무리지어 사냥을 하던 신화 시절, 강한 힘을 가진 존재가 모든 것을 차지하던 바로 그 시절에도 사실 모든 것을 지배하던 존재는 주술사였다.

주술(呪術).

이제는 사이한 잡술이 되어 사라진 지 오래인 옛 이름.

과연 주술사는 상징적인 지배자였을 뿐일까?

나는 단언한다!

하늘(一)과 땅(一) 사이의 인간들을(人人) 하나로(丨) 이어주며 주(呪)의 명맥을 지키는 자(巫)들 중에⋯⋯.

왕이 나리라!

그때까지 참고 기다려라 주술사들이여⋯⋯!

왕께서 떨쳐 일어날 것이다!

다시 한 번 주(呪)가 세상 모든 무(武) 위에 우뚝 서게 되는 모습을 보게 되리라!

이름 모를 어느 비문 중에서⋯⋯.

第一章

전장의 수집가

1

야반삼경의 깊은 밤.

달빛조차 구름에 가려 사위는 칠흑 같은데 숨 막힐 듯 조여 오는 어둠이 무섭지도 않은지 스물두셋쯤으로 보이는 청년 하나가 희희낙락한 얼굴로 길을 걷고 있었다.

청년의 행색은 정말 특이했다.

얼굴은 누가 봐도 기생오라비인 양 잘생겼는데 머리에는 고풍스런 태극모를 떡하니 쓰고 있었고 허리에는 재질을 알 수 없는 목검 한 자루가 멋스럽게 걸려 있었다.

어디 그뿐인가?

그가 지니고 다니는 다른 물건들 또한 이상한 것들뿐이다.

목검 반대편엔 불가(佛家)에서 법기(法器)로 사용하는 불진(拂塵:총채를 말함)과 부적 뭉치를 넣어 두는 목함이 예닐곱 개가 매어져 있었다. 게다가 품속엔 각종 이름 모를 무구(巫具)까지 가득하니 대체 이 청년의 정체는 무엇일까?

"아, 젠장."

청년의 발걸음이 우뚝 멈춰졌다.

고개를 자꾸만 갸웃거리는 것이 길이라도 잃은 것으로 보인다.

"분명 이쪽 어디쯤인데 말이야. 도통 정확한 위치를 모르겠네?"

반짝.

신비로운 빛을 발하는 청년의 눈이 어둠 너머에 있는 어떤 기운을 읽었다. 제아무리 무공이 높아도 보통 사람이라면 절대로 볼 수 없는 기운, 죽음의 기운이었다.

"오랜만에 왕건이 좀 건지나 했더니…… 이거, 일이 다끝난 후에나 도착하는 거 아냐?"

북쪽 하늘을 덮다시피 하고 있는 죽음의 기운.

이 정도 규모의 기운이라면 최소한 수백여 명이 모여 아귀다툼을 벌일 징조, 그중에는 원하던 수준의 정신력을 가진 영(靈)도 틀림없이 생겨나리라.

"에라, 모르겠다. 늘 하던 대로 만사형통의 술(術)로 결정하자."

짝!

힘을 끌어 모으는 듯 청년의 손바닥이 소리를 내며 합쳐졌다.

"천지신명께서는 천도(天道)를 따르는 제게 길을 밝혀 주소서! 만(萬). 사(事). 형(亨). 통(通)."

파앙!

주문과 기합을 끝으로 청년의 발이 하늘을 향해 힘껏 솟구쳤다.

파라락.

청년의 발에 신겨져 있던 가죽 신발이 쑥 벗겨지더니 팽그르르 회전하며 하늘 높이 날아올랐다.

그렇다. 만사형통이니 뭐니 말은 거창했지만 청년은 저잣거리 아이들이나 하고 노는 신발 점을 치는 중이었다.

털퍼덕.

높다랗게 날아올랐던 신발이 잠시 후 땅에 뚝 떨어졌다. 신발 끝이 한 방향을 가리켰다.

씨이익.

청년의 입가에 보기 좋은 미소가 걸렸다.

"동북방이라……. 좋았어!"

신발을 찾아 발을 구겨 넣는 청년의 얼굴엔 때를 맞추지 못할지도 모른다는 걱정이 더 이상 존재하지 않았다. 신발점을 크게 맹신하는 듯했다.

"육천의 마왕 마라야—아. 너 이 주욱—일 노옴—아. 얼쑤! 쫴금만 기다려—어라—아. 네놈 심복 다음에—엔. 잘한다! 네에노옴 차례라—안—다."

청년은 차마 들어 주기 힘든 엉터리 노래를 흥얼거리며 동북방을 향해 나아갔다.

                    *   *   *

"모조리 죽엿!"

"하아앗!"

"어림없다, 이놈들! 차아아!"

"한 놈도 살려 두지 마라!"

차창! 차차창!

스각! 피욧!

서하와의 국경과 가까운 섬서로 부주(袤州)의 한 숲 속에서 처절한 전투가 벌어졌다. 검은빛 일색의 야행복을 입은 오십여 명과 송나라 군병 일백수십여 명과의 전투였다.

전투는 꽤나 팽팽하게 전개됐다.

송나라 군병 틈에 섞여 있는 도복 차림의 무인들 덕이었다.

수적으로는 송나라 군병이 일백수십여 명이니 훨씬 더 우세했지만 실질적인 무력은 그와는 정반대였다. 검은 야행복 차림의 오십여 명이 송나라 군병을 일방적으로 몰아붙였다. 도복 차림 무인들의 출중한 실력이 아니었던들 송나라 군병은 얼마 버티지도 못하고 깡그리 쓰러지고 말았으리라.

"크윽!"

"커억!"

섬뜩한 비명 소리와 함께 분수 같은 피가 여기저기에서 솟구쳤다. 썽둥썽둥 잘린 누군가의 팔과 다리와 목이 둥실둥실 떠올랐다.

짚단처럼 쓰러지는 사람들…….

하지만 그들은 어느 한쪽이 모두 쓰러질 때까지 결코 싸움을 멈출 생각이 없는 듯 보였다. 이들은 대체 무슨 이유로 이런 처절한 싸움을 벌이고 있는 것일까?

*　　　*　　　*

"아싸! 제대로 찾았다!"

신발 점을 쳤던 청년의 귀가 쫑긋 섰다.

동북방으로 나가기 시작한 지 얼마 되지 않아서 요란한 병장기 소리와 거친 악다구니 소리를 들었기 때문이었다.

"만사형통의 술은 역시 신통하단 말이야!"

청년은 헤벌쭉 웃으며 전장을 향해 나아갔다.

작은 언덕 하나를 넘었을까?

청년의 눈앞에 이백에 가까운 무리가 목숨을 걸고 싸우고 있는 모습이 들어왔다. 칠흑 같은 어둠을 밝히는 횃불과 병장기 부딪힐 때 튀어나는 불꽃은 그 자체로 장관이었다.

"자, 그럼 어디 마음 편히 싸움 구경이나 해 볼까?"

청년은 허리춤의 목함 중 하나에서 부적 한 장을 꺼내 들었다.

알 수 없는 도형과 그림으로 이뤄진 부적, 청년이 그 부적을 손가락 사이에 끼우고 힘을 불어 넣었다.

"암영(暗影)의 술(術)!"

화륵.

부싯돌도 없는데 부적에 불이 붙었다.

청년은 불붙은 부적을 그대로 입에 구겨 넣고 삼켰다.

그러자 놀라운 일이 벌어졌다.

청년의 몸이 어둠 그 자체라도 되는 양 어둠과 동화되어 버리는 것이 아닌가?

어둠 그 자체가 된 청년은 주변의 나무들 중 가장 커다란 나무 위에 올라가 편한 자세로 걸터앉았다. 발을 흔들거리며 편한 맘으로 싸움 구경을 시작했다.

"아따, 그 양반들 참 모질게도 싸우네. 보아하니 불구대천의 원수도 아닌 듯한데 말이야…… 어라? 저, 저것은?"

그때 청년의 눈에 무엇인가가 들어왔다.

눈인가? 아니, 눈처럼 하얀 그 무엇이 전장에 수놓여 있었다.

청년의 얼굴에 맴돌던 미소가 점점 사라져 갔다.

"알 만하군, 젠장."

적잖은 전장과 싸움을 보아 온 그였지만, 지금처럼 싸움의 목적이 어쭙잖은 것임이 빤히 드러나 보일 때마다 속에서 무엇인가가 울컥 치밀어 올랐다.

청년의 음성은 점점 더 현학적이고 냉소적이 되어갔다.

"죽고 죽이고…… 큭, 그래 봐야 결국 밥그릇 싸움 아냐?"

전투의 소용돌이 한가운데 자리한 열 개의 수레!

재갈을 물린 말들이 끄는 열 개의 수레 중 하나가 전투 와중에 박살이 난 모양인지 주변이 온통 새하얗다.

달빛을 받아 눈처럼 환히 세상을 비추고 있는 저것은 바로 소금, 은은한 푸르름이 감도는 것을 보니 서하의 특산품인 청백염이 분명하리라.

"한쪽은 국가의 전매품목 중 하나인 소금을 몰래 밀수해 팔려는 놈들이니 흑상(黑商) 놈들일 테고…… 반대편은 그 놈들을 때려잡으려는 송나라의 상군(지방군)들인가?"

청년은 돌연 고개를 끄덕였다.

전투의 전말이 어찌 되든 충성심 또는 명령에 대한 복종이란 가치에 죽고 죽임을 당하는 송나라의 병사들이 어쩐지 가련하게 느껴졌기 때문이었다.

그때 청년의 고개가 돌연 갸웃하고 기울었다.

"어라? 그런데 상군을 지원하는 저 도사들은 뭐지?"

어둠과 거리 탓에 정확히 파악하기 힘들었지만 전장을 종횡무진하며 송나라 병사들을 지원하는 것은 분명 무림이란 또 다른 세상에 속한 도사들이었다.

"이럴 땐 야명부(夜明符)만 한 것이 없지."

청년은 허리춤의 목함에서 다시 부적 한 장을 꺼내 들더니 양쪽 눈에 대고 스윽 비볐다.

효과는 바로 나타났다.

몸을 숨기고 있는 곳으로부터 전투 장소까지 수십 장이나 되었지만 어둠이 완전히 걷히니 코앞에서 벌어지는 것처럼 모든 것이 또렷하게 보였다.

청년의 고개가 이내 주억거려졌다.

"열 명의 도사…… 그중 다섯은 화산파의 도사들이었군."

청년은 종횡무진 전장을 휘젓는 다섯 도사의 도복 끝에 수놓인 매화를 똑똑히 보았다. 청년의 고개가 천천히 끄덕여졌다.

"희이 선생께서 화산에 터를 잡고 있는 모든 도문을 하나로 통합해 화산파를 창건한 지 이백오십여 년, 화산의 매화검 향기가 만 리를 달린다더니 과연……."

의문의 청년은 이 전투에 참여한 화산파 도사들의 행동보다 무술 실력이 상당히 마음에 들었다. 연신 고개를 끄덕였다. 무림에 속한 도사, 저 정도 실력이라면 정신력도 상당하리라.

"매화가 없는 도인들은 또 어디지?"

답은 오래지 않아 바로 나왔다.

이곳은 섬서, 화산파와 어깨를 나란히 할 만한 무공을 소유한 도사들이란 한 곳밖에 없었으니까.

"종남의 도사들……. 화산파처럼 무리를 짓지 않고 순수함을 유지하고 있는 도인들답게 그 실력이 정말이지 출중하군그래."

종남의 도사들!

섬서의 명산 중 하나인 종남산에 터를 잡고 은거한 채 스스로의 수련에 힘을 쓰는 도사들을 통칭한다.

종남산의 도사들은 아직 화산파처럼 하나의 파벌을 짓지 않았다.

그런 까닭에 종남산의 도사들은 도를 닦는 사람들이 무리를 지었다 하여 화산파를 종종 비웃곤 했다.

그러나 사실 따지고 보면 종남의 도사들 역시 무리를 지은 것이나 마찬가지였다. 종남산이 자신들만의 것이 아님에도 불구하고 입산하는 도사와 무인들의 수를 규제하고 차별했으며 도력이나 무력이 높은 십여 도사가 좌장이 되어 예하 도사들의 크고 작은 일에 관여했으니 어찌 그렇지 않겠는가?

그런 사실은 오늘과 같은 전투에서 너무나 잘 나타난다.

목숨을 내놓고 전투에 임하는 저 종남의 도사들, 물론 자발적으로 나선 도사들도 있을 수 있긴 하지만 그들이 한날 한시에 이곳에 모여 흑상과 싸우고 있다는 것을 생각해 보라!

누군가의 지시를 받지 않았다면 세상 시름에서 한 걸음 비켜 있어야 할 도사들이 한데 모여 저토록 맹렬히 싸우는 것을 어찌 설명할 수 있을까?

"밥그릇에 민감한 것은 속인과 도인이 다를 바 없군그래. 크크큭! 그래 놓고 무슨 놈의 도인이라고……."

청년의 입가에 진득한 비웃음이 걸렸다.

도사들이 어떻게 저 전투에 참여하게 된 것인지 이미 속속들이 짐작이 됐기 때문이었다.

"서하의 청백염(靑白鹽)……. 저 정도 물량이 계속해서 들어왔다면 저 도사들의 밥그릇이 정말 많이도 흔들렸겠군."

저 많은 물량의 청백염이 섬서 일대에 계속해서 풀려 왔다면 소금의 전매를 통해 막대한 이득을 얻고 있는 관청, 아니 더 정확히는 섬서로의 지주 또는 재정을 담당하고 있는 전운사(轉運使)가 착복할 황금이 대폭 줄어들게 된다.

섬서 지주나 전운사가 착복할 황금이 줄어든다는 것은 바로 화산파나 종남산의 도인들에게 들어갈 시주금 액수가 대폭 줄어드는 것으로 직결되리라.

바로 그러한 점이 오늘 도사들로 하여금 검을 든 채 목숨을 걸고 싸움에 임하게 만든 원인이리라.

"착복한 황금을 본래 다 먹어야 할 인간들이 그동안 연줄을 대 놓고 있던 화산파나 종남산의 도인들에게 도움을 요청했겠지? 빤하지. 적당히 황금을 찔러 줬겠지. 도움이 없다면 시주금은 점점 더 줄어들 것이라고 은근히 부담도

졌을 테고 말이야."

시주금도 두둑이 받았겠다, 나라의 재정을 좀먹는 흑상 놈들을 뿌리 뽑는 일이니 의(義)와 협(俠)을 앞세우면 나름 대로 명분도 생기겠다, 별 고민 없이 제자들을 파견했겠지.

굳이 보지 않았어도 환히 그려졌다.

고래로 충, 의, 협을 들먹이는 자들치고 구린 속내가 없 었던 인간은 지극히 드물었으니까.

"물론 지주나 전운사 같은 놈들이 그냥 황금만 안겼을 리 없지. 은근한 어조로 의와 협을 들먹이며 충동질했을 거 야. 그 명분에 순진한 도사 양반들이 넘어갔을 가능성이 가 장 크긴 해. 하지만 제아무리 그렇다 해도 속인과는 달라야 할 도사들이 저렇듯 살인을 밥 먹듯 한다면 나 같은 사람과 뭐가 다르지?"

2

그런 면에 있어선 소림이나 아미의 무승들이 훨씬 낫다.

소림과 아미의 산문은 자주 열리지 않으며 설사 열린다 해도 저렇듯 무자비한 손속을 보이진 않는다.

그들의 손속이 무자비해질 때는 도저히 회개시킬 수 없

는 지독한 악인이나 무림공적들의 목숨을 거둘 때뿐이다.

"그나저나 저 흑상 놈들…… 그동안 대체 얼마만큼의 물량을 풀어 왔던 거지?"

청년은 사뭇 청백염의 밀매 규모가 궁금해졌다.

시주금이 대체 얼마나 줄었기에 화산파와 종남산에서 저 정도 수준의 도사들을 파견한 것일까? 검 끝에 뭉친 기운들이 하나같이 두어 자는 됨 직하게 뻗어 나오는 것이, 두 곳의 도사들 수준은 모두 검기상인(劍氣傷人)은 족히 되어 보였다.

검기상인의 경지.

화산파를 예로 들면 화산파의 당대 장문인인 자하진인과 그의 사제들을 일 대로 볼 때 아무리 못해도 사손들인 삼 대 제자들 정도는 되리라.

"화산파와 같은 대문파의 삼 대 제자라면 문파의 핵심 전력 아닌가? 그런 인물들을 이따위 일에 파견해 그동안 닦은 수양을 피로 물들이다니!"

도사들의 어깨에 쌓이는 업장의 무게가 눈에 보이는 듯하다.

"종남산에서도 진짜배기들만 보냈군."

화산파와 어깨를 견줄 수 있는 종남산의 도사 다섯.

그들의 실력 역시 발군이었다.

어중이떠중이만 그득한 중앙 금군의 도움을 기대할 수 없는 상군(지방군)에겐 화산파와 종남산의 도사들이 천장의 화신 같은 전력이 되어 주었다.

그러던 어느 한순간 청년의 고개가 살짝 갸우뚱하고 기울었다.

"그나저나 저놈들…… 분명 일반적인 흑상들은 아냐."

당연한 소리다.

소금은 차(茶), 술, 백반과 더불어 송나라의 전매품목이 아니던가? 그런 품목을 몰래 거래하는 상인들은 결코 일반적인 상인들일 수가 없다.

"제아무리 거친 놈들로 구성된 것이 흑상이라곤 하나 저토록 무공이 높을 수는 없어. 저건 제대로 된 수련을 오랫동안 거친 놈들이란 말이지."

그렇지 않고서야 화산파와 종남산의 도사 십 인이 가세했음에도 불구하고 저렇듯 밀릴 까닭이 없다.

청년의 생각을 증명이라도 하려는 것일까?

송나라 군병의 지휘관쯤 되어 보이는 장수가 크게 고함을 질렀다.

"흑랑대(黑狼隊)! 내, 네놈들을 결단코 용서치 않으리라."

"죽어라, 이 개자식들아!"

"으아아아!"

지휘관의 외침에 송나라 상군들이 악에 받친 고함을 내질렀다.

동료들이 죽어 나가면 나갈수록 더욱 처절하게 싸웠다.

하지만 그러면 무엇 하겠는가?

"……!"

쉬이익. 차창. 스각.

"커억!"

패애액. 타앙. 푸욱.

"커어억!"

흑의인들은 일말의 동요도 없는 눈으로 착실히 검을 휘두를 뿐이었다. 그 손속이 어찌나 무섭던지, 서너 번 검을 휘두르면 누군가 하나는 반드시 피를 뿌리며 쓰러졌다.

끄덕끄덕.

보고 있던 청년의 고개가 절로 끄덕여졌다.

흑랑대.

동산, 남산, 평하로 이뤄진 서하의 세 대부족 중 평하의 자랑인 특수부대. 그렇다. 저 청백염을 가지고 온 흑상들의 정체는 바로 서하의 대부족 중 평하의 무인들로 이뤄진 특수부대인 흑랑대였다.

"그러니 두 배도 넘는 병사에 화산과 종남산 도사들의

지원까지 받았음에도 불구하고 상군이 저리 밀리지."

현재 송나라의 군대는 문(文)을 중시하고 무(武)를 경시하는 중문경무(重文輕武) 체제가 오랫동안 지속된 탓에 약하기 그지없다.

용관용병(冗官冗兵) 적빈적약(積貧積弱).

병사들은 활과 창을 못 쓰는 사람들이 태반이요. 장수들은 방탕함으로 인해 퇴출당한 귀족 집안의 공자나 그런 틈에서 살아남아 눈치만 빠른 늙은 사람들이 대부분이었다.

말도 못 타는 장수들도 넘쳐나는 판국이니 오죽하랴?

하지만 그것은 오직 중앙을 담당한 금군에 해당하는 말이다.

섬서로와 같은 최전선, 즉 상군(지방군)에서 오랜 세월 동안 전투를 벌여 왔던 군병들은 전혀 이야기가 다르다. 중앙에서의 지원이 전무하다시피 하다 보니 상군은 그야말로 죽기 살기로 싸워 살아남았다. 그래서 그들은 모두 정예병들이었다.

그런 최전선의 정예병 일백수십여 명을, 화산파와 종남산의 도사들까지 함께 나섰음에도 불구하고 일방적으로 몰아붙이는 흑랑대의 실력은 가히 발군이라 할 만했다.

"젠장. 모처럼 만에 쓸 만한 것들을 건질까 싶었는데…… 오늘은 조금 오래 기다려야 할 모양이군그래."

청년은 어깨를 한 차례 으쓱해 보인 후 비스듬히 큰 가지에 등을 기댔다. 시간이 제법 걸릴 듯하니 최대한 편한 자세로 싸움 구경을 하려는 심산이다.

"에라, 모르겠다. 한요(恨曜)의 완성이 늦은 게 어차피 하루 이틀도 아니고…… 내가 뭘 어쩌겠어? 쌈박질 끝날 때까지 기다리는 수밖에……."

청년은 품속에 손을 넣어 육포 하나를 꺼내 입으로 가져갔다.

누가 이겨도 상관이 없다는 듯한 태도다.

"아무나 이겨라! 크큭. 나는 원하는 것만 얻으면 된다."

청년은 대체 무엇을 원하는 것일까?

청년의 눈이 묘한 기대감에 반짝이기 시작했다.

*   *   *

치열했던 전투는 어느새 마지막을 향해 치달았다.

"네, 네 이놈들…… 화, 화산이 결코 용서치 아, 않으리…… 크억!"

"부, 분하…… 커헉!"

화산파의 다섯 도사 중 마지막 일인과 종남산의 마지막 도사가 쓰러지는 것을 끝으로 전투는 끝이 났다.

서하 무인들로 이뤄진 특수부대 흑랑대의 승리다.

그토록 악바리처럼 대들던 송나라 군병 일백수십여 명과 화산파와 종남산의 도사 십 인 역시 모두 전멸했다.

하지만,

"빌어먹을! 상처뿐인 승리군……. 화산파 놈들과 종남산에서 나온 놈들이겠지? 이 호랑말코 같은 도사 놈들은?"

흑랑대의 지휘자로 보이는 사내가 절레절레 고개를 흔들었다.

화산파의 도사들과 종남의 도사들 때문에 어지간히 피해가 심했기 때문이다. 재수 없이 상군에 당한 흑랑대원은 극소수에 불과했지만 두 곳의 도사들 때문에 흑랑대원들을 서른 명이나 잃었다.

"신호를 보내라."

"충!"

명령이 떨어지기가 무섭게 곁에 있던 수하 하나가 입에 작은 피리 하나를 물었다.

뽀르르르!

마치 새소리와 같은 피리 소리가 밤하늘 저 멀리까지 메아리쳤다.

그러자 오래지 않아 복면을 쓴 일단의 무리가 다가왔다.

가까운 곳에서 대기하고 있던 진짜 흑상들이었다.

"수레 하나가 파괴됐으니 이번엔 아홉 수레만 넘기도록 하지. 그걸 거래한 중계료만 해도 네놈 먹을 것은 충분할 것이다."

"감사합니다, 어르신. 그분께는 평상시대로 두 수레 분의 황금을 바치고 나머지는 그분 뜻에 따라 비축하도록 하겠습니다."

그분께 황금을 바치고 그분 뜻에 따라 비축?

흑랑대와 이 흑상들…… 정말 평범한 무리가 아닌 모양이다.

"그렇게 하도록! 그리고……."

지휘자가 품속에서 작은 봉투 하나를 꺼냈다.

늑대 모양의 봉인이 찍혀 있는 것으로 보건대 흑랑대에서 취급하는 서류이리라.

"이것을 그분께 최대한 빨리 전해 드리도록!"

"이것은……?"

반짝!

흑상 우두머리의 반문에 흑랑대 지휘자의 눈이 서늘한 빛을 발했다.

움찔!

그 서늘함에 소름이 쫙 돋은 흑상 우두머리의 고개가 자라목처럼 움츠러들었다.

"죽고 싶으냐?"

"아, 아닙니다. 제가 잠시 정신이 나갔었나 봅니다."

흑랑대 지휘자의 목소리가 한층 더 낮아졌다.

"차질 없이 전하기나 해라. 그분께서 알아서 하실 것인즉!"

"아, 알겠습니다. 하온데……?"

"……?"

"다음 거래는 언제로 하실 생각이신지……?"

"언제나처럼 달포 후로 하자꾸나. 단, 장소와 시간은 이쪽에서 따로 알려 주도록 하지. 오늘처럼 날파리가 안 꼬여야 하니까 말이야. 그분께서 따로 알려 주시지 않았다면 정말 큰 낭패를 볼 뻔했어!"

화산파와 종남산의 도사들이 합세할 것이라는 언질을 미리 받고 준비하지 못했다면 오늘 흑상의 한 축이 완전히 무너질 뻔했다.

생각만 해도 끔찍한지 지휘자는 고개를 휘휘 내저었다.

"회군한다!"

그것으로 끝이었다.

흑랑대를 이끌고 온 지휘자는 나머지 수하들과 함께 쓰러진 대원들의 주검을 수습해 어디론가 사라졌다. 흑상들 역시 청백염 아홉 수레를 끌고 바삐 길을 떠났다. 물론 수

레의 흔적을 지우느라 그 속도는 상당히 더뎠다.

스슷.

"이제야 끝났나?"

송나라 군병과 도사들의 시신만이 즐비한 곳에 누군가 나타났다.

만사형통의 신묘한 술수로 아무도 모를 전장의 위치를 찾았던 바로 그 청년이었다.

주위를 둘러보던 청년의 눈가에 냉기가 어렸다.

"쯧쯧쯧. 허울 좋은 명분 따위에 속아 죽어 나자빠지는 멍청한 놈들 같으니……."

청년의 눈엔 밥그릇 싸움에 내몰려 쓰러져 간 것이 분명한 화산파와 종남산의 도사들 모두가 한심해 보였다.

물론 그들 나름대로는 밥그릇 싸움 앞에 내세워진 의와 협이란 충분한 명분이 있었을 테지. 그러나 청년의 눈엔 그런 명분 자체가 모두 허망하게만 느껴졌다.

"그럴듯한 명분과 밥그릇 싸움에 내몰려 아귀다툼 속에 생을 마쳤으니…… 당신들은 먼 훗날 이 땅에 다시 와도 또다시 이 짓을 반복할 가능성이 높을 거야. 쯧쯧쯧."

청년의 눈엔 이들의 후생이 눈에 보이는 듯했다.

하긴, 명분을 넘어 근본을 직시하면 이들의 죽음이란 모두 헛된 것임에 틀림없다. 의협과 같은 명분이나 밥그릇 싸

움이나 따지고 보면 모두 그것을 지키기 위해 '희생당함'
이라는 은밀한 자기만족이 숨겨져 있는 법이니까.

청년은 갑자기 씁쓸하게 웃으며 자책했다.

"크큭! 내가 또 주제넘게 남 말이나 하고 있었군. 내 업
장의 무게 또한 태산과 같거늘……. 자, 어서 내 일이나 하
자!"

청년은 갑자기 품속에서 지전 한 뭉텅이를 꺼내 들더니
화섭자를 사용해 불을 붙였다.

화르륵. 화르르르.

불붙은 지전들이 하늘 높이 날아올랐다.

"자, 저승 갈 노잣돈입니다. 망자들께서는 그만 혼란스
러워하시고 이 소리에 귀를 기울이시길……."

딸랑 딸랑 딸랑.

대체 언제 꺼내든 것일까?

청년의 손에 범상치 않아 보이는 방울 하나가 들려 음산
한 소리를 내었다. 청년은 방울을 땅에 푹 꽂았다. 손을 떼
었음에도 불구하고 방울은 계속해서 혼자 울었다.

방울의 이름은 초혼령(招魂鈴).

지전에 흔들린 영들은 이 초혼령 소리가 지속되는 한 계
속해서 이 자리에 맴돌게 되리라.

휘이잉.

방울 소리에 이끌린 듯 한 줄기 소슬한 바람이 주변을 할 퀴더니 이내 사위를 맴돌기 시작했다. 마치 지전과 방울 소리에 이끌린 망자들이 귀천하지 못하고 주변을 맴도는 것만 같았다.

"흠! 어디 보자……!"

그 바람 속에 하늘의 신장처럼 우뚝 선 청년이 신묘하게 빛나는 눈으로 사방을 살폈다.

"저곳에 있었군."

대체 무엇을 본 것일까?

갑자기 청년은 한 곳을 향해 뚜벅뚜벅 걸어갔다.

"그동안 수고하셨습니다, 장군."

청년의 발걸음이 향한 곳은 송나라 군사들의 지휘관이었던 사내의 주검 앞이었다.

물론 잘해 봐야 백인장 정도이니 장군이라 부를 수는 없는 일이었지만 청년은 맡은 바 임무에 충실하다 스러진 망자의 한을 달래 주기 위해 일부러 장군으로 불렀다.

"어디에 뒀더라? 아하, 여기 있었군!"

청년은 허리춤에 메어 둔 목함들 중 한 곳에서 부적 한 장을 꺼내 장수의 이마에 턱 하니 붙이고선 몸을 돌렸다.

"조금만 더 기다리세요, 장군."

부적까지 붙여 두었으니 이제 저 장수의 영(靈)은 절대

홀로 귀천하지 못한다.

청년의 신묘한 빛을 발하는 눈이 빠르게 주변을 살폈다.

"저곳에들 계셨군그래."

다음으로 청년의 시선이 향한 곳은 화산파와 종남산의 도사들이 쓰러져 있는 곳이었다. 실력이 실력이니만큼 흑랑대 스물의 집중 공격을 받았던 그들은 사이좋게 한 곳에 모여 죽어 있었다. 청년의 입장에선 다행스러운 일이다.

"어라? 꼴에 도사 출신이라고 티 내기는?"

청년의 입꼬리가 비웃듯 위를 향해 쭉 말려 올라갔다.

도사들의 몸 위로 희뿌연 덩어리가 흘러나오더니 하늘을 향해 솟구치려 하는 것이 보였기 때문이었다.

지전이 불타고 초혼령이 울려 퍼지고 있음에도 불구하고 도사들의 영은 귀천을 시작했다. 제아무리 밥그릇 싸움에 스러졌다 해도 내공과 정신력은 제법이었던 모양이다. 청년은 한 걸음에 몸을 날려 도사들 곁으로 다가갔다.

"멈춰, 이 양반들아! 그대로 가 봐야 네놈들 갈 곳은 빤해!"

척. 처처척.

청년은 도사들의 이마에도 빠짐없이 부적을 붙였다.

3

도사들의 몸을 빠져나오던 희뿌연 덩어리들이 그대로 덜컥 멈춰졌다.

씨익.

그제야 안심이 된다는 듯 청년은 이를 드러내며 웃었다.

"뭔 개소리냐는 듯 뚱한 눈으로 쳐다보지 마, 이 멍청한 호랑말코 도사 놈들아!"

장수에게 일말의 예를 갖췄던 청년은 도사들의 영에게는 막 대했다. 장수의 은밀한 자기만족이었던 충성심이야 이해할 수 있는 성질의 것이지만, 그래도 도(道)를 닦던 도사들이 밥그릇 싸움에 내몰려 스러진 것은 변명의 여지가 없기 때문이었다.

반짝.

청년의 눈이 신묘한 빛을 발했다. 청년의 눈에 당황한 빛이 역력한 도사들의 표정이 낱낱이 보였다. 청년은 희뿌연 덩어리 속에 깃든 도사들을 노려보며 고함을 빽 질렀다.

"도(道)를 닦았다는 놈들이 의(義)나 협(俠)도 아니고 충(忠)도 아닌 겨우 밥그릇 싸움에 내몰려 생명을 해(害)하고 죽어 놓고는 감히 어따 눈을 치켜떠, 이 자식들아! 흑상들이 소금값을 국가 전매금보다 높여 팔지 않는 한 그건 그것대로 오히려 민초들에게 도움이 된단 말이야, 이 멍청한 놈들아! 의협은 개뿔, 아무 데나 갖다 붙이면 다 말이 되는 줄 알아?"

정문일침(頂門一鍼).

움찔!

도사들의 영이 화들짝 놀랐다. 도사들의 표정이 무엇인가에 한 대 얻어맞은 것처럼 변해 갔다. 영들의 시선이 일제히 청년을 향해 집중되었다.

피식.

청년의 입가에 떠오른 비웃음이 점점 더 짙어져 갔다.

"하여튼 그건 그렇고…… 네놈들이 귀천해 버리면 내게 아무런 소용이 없지! 자, 그럼 어디 시작해 볼까?"

화락!

언제 꺼내 든 것일까?

청년의 손에 들려 나온 괴상한 형태의 부적 하나가 저절로 불이 붙었다.

"겁륜(劫輪)의 술(術)이 망자들의 미래를 보여 주나니……!"

짝!

청년의 두 손이 마주쳐지는가 싶더니 기묘한 인(印)을 맺었다. 수레바퀴 회전하듯 어지럽게 돌며 꼬이고 단단히 조여겼다.

"망자들은 자신들의 미래를 보게 되리라! 하아앗!"

화륵. 화르륵. 화르르륵.

청년의 손끝에 들려 있던 불붙은 부적이 돌연 하늘 높이 떠오르는가 싶더니 커다랗게 자라났다.

후우우웅—!

사위를 휘감고 있던 바람이 더욱 거세졌다.

그 바람에 실려 도사들의 영과 장수의 영이 불꽃 속으로 스르르 빨려 들었다.

"불생불멸인연(不生不滅人然) 회탈입망(回脫入忘) 천지순회(天地巡廻) 회귀일언(回歸一言)……."

청년의 입에서는 불가의 영가천도법어와 비슷하면서도 사뭇 다른 기이한 주문이 계속해서 흘러나왔다.

얼마나 지났을까?

청년의 외침대로 불꽃으로 빨려 들어간 영들은 놀랍게도 자신들의 환생 후의 새로운 삶을 살짝 엿볼 수 있게 되었다. 모든 순간들이 똑같이 일어나지는 않겠지만 이생에서의 인연과 업의 무게는 십중팔구 그들을 그와 흡사하게 이끌게 되리라.

—이, 이럴 수가! 나, 난 인정할 수 없어!

—저, 정녕 내 후생이 이렇단 말인가?

—도문(道門)의 인연은 다 어디로 갔는가?

—우국충정의 보답이 겨우 이런 미래란 말인가? 싫어.
난 싫어!

대체 무엇을 보았던 것일까?

불꽃 속의 영(靈)들은 자신들의 업장으로 인한 윤회의 결
과로 다가올 후생의 처참한 현실 앞에 울부짖었다.

깨달음이라는 측면에서 보면 그럴싸할 뿐인 허울 가득한
명분들!

나라에 대한 충성심과 문파의 명예 그리고 스승의 명령
에 대한 복종의 희생자 역할에서 오는 은밀한 자기만족에
빠져 많은 생명을 해(害)하고 맞이한 새로운 후생은 방금
마친 삶보다도 훨씬 더 참혹했다.

현재의 삶에서 얻었던 업장의 무게!

많은 생명을 해하고 얻었던 명성과 은밀한 자기만족의
무게가 태산보다 더한 무게로 다가와 그들의 삶을 짓눌러
벗어나기 어려웠기 때문이었다.

인연의 끌림은 그들을 내버려 두지 않았다. 서로를 찾아
죽이고 죽는 아귀다툼은 끝없이 계속됐다. 복수의 성공을

통한 은밀한 쾌감과 당하는 자의 원한이 주는 끝없는 욕망은 점점 더 자라나 깨달음을 향한 눈을 완전히 가렸다.

그럴수록 그들의 삶은 점점 더 비참해져만 갔다.

이것이 바로 이들이 맞이할 운명!

뿌린 대로 거두며 끝없이 이어지는 윤회의 대원칙을 어찌 쉽사리 벗어날 수 있으랴? 어느 한쪽이 깨달음을 얻거나 상대방을 오롯이 용서하지 않고서는 도저히 변할 여지가 없다.

"이 불쌍한 양반들아, 똑똑히 봐! 지금 당신들 눈앞에 펼쳐지는 모습들이 바로 당신들의 미래란 말이야!"

화르륵. 화륵. 화르르륵.

불꽃이 화를 내듯 들썩였다.

도저히 눈앞에 펼쳐지는 현실을 인정할 수 없는 모양이었다.

―이, 이럴 수는 없어!
―내가 왜 이 꼴을 당해야만 하는데?
―거짓말! 모두 다 거짓말이야!

청년이 단호한 어조로 말을 이었다.

"거참, 알 만한 선수들이 계속해서 그렇게 추하게 그럴

거야? 열린 마음으로 스스로를 돌아봐! 그럴 듯한 명분만
있다면 어떤 짓을 하든 정말 괜찮다고 생각해?"

—……!
—……!

영들의 울부짖음이 가라앉았다.
막연한 가운데서도 충성심과 복종심 그리고 명분은 세속
을 휩쓸고 다니는 허상이고 깨달음의 길은 그와는 전혀 다
르다는 것이 느껴졌기 때문이다.
청년의 말이 무겁게 이어졌다.
"깨달음. 도(道). 뭐라 해도 좋다 이거야. 말이야 어찌 되
었든 당신들이 저지른 업보로 인해 돌기 시작한 윤회의 거
대한 수레바퀴를 벗어나기 위해서는 진정으로 깨달아야만
해! 상식이잖아, 상식! 부처님의 말씀 몰라? 깨달음을 얻지
않고서는 생사윤회의 대법칙을 벗어날 수 없단 말이야!"
화르르륵.
불꽃이 흐느끼듯 흔들렸다.
부처님의 말씀과 깨달음 그리고 생사윤회의 대법칙이란
진리 앞에 그제야 현실을 직시하기 시작한 모양이었다.
그때였다.

갑자기 청년이 어깨를 으쓱해보였다.

"뭐, 그렇게 너무 낙담하지는 마. 다른 방법도 있긴 하니까…… 이를 테면 샛길이라고나 할까……?"

청년이 말꼬리를 길게 늘였다.

화륵.

불꽃의 흔들림이 바로 멈춰졌다.

실낱같은 희망의 눈으로 영들은 청년의 말에 무섭게 집중했다.

"지금으로부터 십 년 전, 고타마 싯다르타를 유혹했던 육천의 마왕 마라! 그 마라가 이 땅에 심복 하나를 풀어 놓았거든?"

화르르륵.

갑자기 불꽃이 파르르 떨렸다.

믿기 힘들다는 듯, 아니 헛소리하지 말라는 듯 보였다.

청년의 얼굴 한 가득 비웃음이 떠올랐다.

피식.

"쥐뿔도 모르면서 말도 안 되긴 뭐가 말도 안 돼?"

화륵. 화륵. 화륵.

불꽃이 격렬하게 움직였다. 영들이 집단 항의를 시작했다.

—육천의 마왕 마라? 그리고 그 심복?

—얼토당토않은 소리!

—너 따위 잡술사가 그런 일을 어찌 알 수 있지?

—사기꾼 같으니! 지금까지 네가 한 말은 모두 사기야, 사기!

청년이 고함을 빽 질렀다.

"시끄럿! 아무것도 모르는 장수야 그렇다 쳐! 도문에 몸을 담고 있었던 주제에 하라는 마음공부는 하지 않고 몇 가지 부적이나 그려 본 것을 끝으로 칼부림이나 익히고 있던 놈들 주제에 뭐가 어쩌고 어째? 콱, 그냥 샛길이고 나발이고 모두 취소해 버릴까 보다!"

파르르.

격렬히 움직이던 불꽃이 한 차례 떠는가 싶더니 이내 잠잠해졌다.

샛길 취소라는 협박에 모두 입을 굳게 닫았다.

"믿어! 그 빌어먹을 육천의 마왕 마라 때문에 어머님께서 돌아가시는 장면을 내가 직접 내 눈으로 봤으니까……. 그때 마라의 심복 하나가 이 세상 속으로 스며들었어! 그 또한 내 두 눈으로 직접 목격한 사실이야!"

청년은 눈을 질끈 감아 버렸다.

복수심에 활활 타오르는 눈을 영(靈)들에게 보이고 싶지 않아서였다. 기껏 업보와 윤회를 들먹여 놓고는 자신 역시 그들과 마찬가지임을 대놓고 까발리긴 싫었다.

"하여튼, 머지않아 이 땅은 마라의 심복으로 인해 시산 혈해가 될 가능성이 무지무지 커! 당연히 더 많은 아까운 생명이 도탄에 빠지게 되겠지."

당연한 일이다.

육천의 마왕 마라의 심복이 이 세상을 활보한다면 그보다 더한 일이 벌어지고도 남는다.

"한 팔 거들어! 그것을 막아야만 해!"

불꽃은 잠잠했다.

아직 뭐가 샛길인지 감이 잡히지 않는 모양이다.

"멍청하기는…… 잘 들어. 내가 누구인지 어디에서 왔는지는 중요치 않아. 지금 현재 중요한 것은 이 땅에 스며든 마라의 심복을 제거하기 위해 움직이는 것은 이 넓은 천하에 오직 나 하나라는 사실이야."

화르륵.

불꽃이 세차게 흔들렸다.

화산파와 종남산 도사들의 영은 다시 격렬히 외쳤다.

—믿을 수 없어. 이 땅에 덕이 높은 고승과 도인들이 얼

마나 많은데 그 사실을 모른단 말이야?

　—그래, 맞아. 우리 화산파만 해도 반인반선에 가까운 분이 계셔! 네 말이 정말 사실이라면 굳이 네가 아니더라도 그 일을 할 사람은 많아!

　피식.

　"닥쳐, 이 멍청한 귀신들아! 그리고 뭐? 그 일을 할 사람이 많다고? 웃기는군. 화산파와 종남산의 도사들 중 어느 쪽이 그에 대비해서 움직이지? 이미 속가나 다름없는 화산파가? 아니면 종남산에 터를 잡고 주인 행세하며 명성이 주는 함정에 빠진 탓에 도를 잃고 점점 더 속가로 변해 가는 종남산의 늙은이들이?"

　—……!
　—……!

　불꽃은 대꾸가 없었다.

　청년의 말은 점점 더 신랄해져 갔고 목소리 또한 높아져 갔다.

　"반인반선 같은 소리하고 자빠졌네! 반인반선씩이나 되는 도(道)가 높은 양반들이 제 문파의 명예와 밥그릇 줄어드는 꼴이 두려워 제자들을 도(道)에서 살육으로 내몰아?"

도사들의 영들의 표정이 잔뜩 일그러졌다.

유구무언(有口無言).

자꾸만 정곡을 찌르는 청년의 말에 뭐라 대꾸를 할 수 없었기 때문이었다.

그때였다.

청년의 얼굴에 가득했던 비웃음이 씻은 듯 사라졌다.

"너희들이 목격한 운명을 거스를 처음이자 마지막 기회다! 잘 들어. 이유야 어찌 되었든 이 사실을 아는 사람은 천지간에 오직 한 사람, 나 율령(律令)뿐이다. 나 율령은 마라의 심복을 막기 위해 이 땅에 온 사람, 내 뜻을 좇아 함께하는 것은 곧 천도를 따르는 일임을 명백히 선언한다. 천도를 따르는 것은 곧 업장을 소멸시키는 선업이 아니던가? 나를 돕는다면 그대들이 짊어지고 있는 업장은 소멸되고 선업으로 바뀌리라."

화륵.

고민하는 듯 잠자코 듣고만 있던 불꽃이 순간 짧게 흔들렸다.

―그, 그게 정말이야?

―그, 그런데 만에 하나, 우리가 싫다면?

피식.

청년의 입가에 밝은 미소가 걸렸다.

"싫으면 그냥 가! 뭘 그리 고민해? 귀천시켜 줄 테니까 싫으면 그냥 갈 곳으로 가! 내가 장담하지만 극락이나 선계 따위는 꿈도 꾸지 말아야 할 거야. 겁륜의 술로 확인시켜 줬던 후생을 굳이 떠올리지 않더라도 스스로의 생을 곰곰이 반추해 보면 어떤 곳으로 가게 될 것인지는 다들 스스로 깨닫게 될 테니까."

청년의 말은 사실이었다.

영들이 끝까지 거부한다면 청년은 장수와 도사들의 영을 다시금 귀천의 길로 인도할 생각이었다. 영들을 강제로 따르게 해 봐야 오히려 처치곤란이니까.

자신의 말이 정녕 사실이라면, 정녕 마라와의 싸움이 앞에 기다리고 있다면, 확고하지 못한 정신력을 지닌 영(靈)들은 아무짝에도 쓸모없는 존재다.

그렇게 얼마나 지났을까?

화르륵!

결심이 섰는지 갑자기 불꽃의 크기가 불쑥 자라났다.

씨이익!

청년의 입가에 걸린 미소가 짙어졌다.

"진즉 그럴 것이지……. 안심해. 비록 샛길일망정 천도를 향한 길을 걷겠노라 내 업장의 무게를 걸고 약속할게."

청년은 갑자기 자신의 손가락 하나를 으적 깨물어 피를 내었다.

그 피로 손바닥에 연원을 알 수 없는 기이한 형태의 부적을 그렸다. 괴황지와 경면주사로 만든 부적이 아니고 왜 이번엔 자신의 피로 부적을 그리는 것일까?

"심원(心援)의 술(術)!"

짝!

청년이 손바닥을 힘차게 마주쳤다. 허리에 매어 둔 불진을 꺼내 들고 손바닥에 피로 그려진 부적을 쫙 훑듯 발랐다.

우우웅!

청년의 불진 끝이 창처럼 꼿꼿하게 섰다.

불진은 불가나 도가에서 사용하는 일종의 총채(먼지 털이)로, 마음의 티끌과 번뇌를 털어내는 상징적인 의미의 법기로 사용하는 물건이다.

하지만 청년의 불진은 사뭇 달랐다.

말총이나 삼 줄기 따위가 아닌 검고 기다란 것으로 이뤄져 있었고 손잡이 부분 또한 검붉은 광채가 흐르고 있었다. 예사 나무로 만들어진 것이 아니었다.

"나 율령! 천도를 지키는 일에만 그대들의 도움을 필요로 할지니…… 그대들은 나 율령의 업장을 나눠 짐으로 천도를 따를 것임을 하늘에 맹세하겠는가?"

화륵. 화륵. 화르륵.

불꽃이 힘차게 너울댔다. 마치 목청을 다해 고함치는 것만 같다.

율령이 불꽃을 향해 불진을 쫙 뻗었다.

"오라! 심원의 술로 나 율령과 함께할지니…… 이 한요 속에 깃들라! 나 율령과 함께 천도를 지키게 되리라! 하아앗!"

율령이 손을 쭉 뻗자 불꽃 속에서 기다란 무엇인가가 쑥 솟구쳤다.

칠흑처럼 검고 기다란 것!

그것은 놀랍게도 사람의 머리카락, 다름 아닌 화산파와 종남산의 도사들과 송나라 장수의 머리카락이었다.

웅웅웅웅웅.

불진 한요가 머리카락을 반기듯 노래했다.

지남철에 이끌리듯 거리를 좁히던 머리카락이 한요에 닿자 마치 본래부터 그 자리가 자신들의 자리였다는 듯 한요의 끝에 단단히 뿌리내렸다.

그렇다. 불진 한요는 말총이나 삼나무 줄기 따위로 만들어진 법기가 아니라 사람의, 그것도 율령의 뜻을 따라 천도를 따르기로 맹세한 영(靈)들이 머리카락으로 화해 만들어진 것이다!

"휴우. 이로써 한 발 또 나아간 것인가?"

술법을 거둬들인 율령이 뿌듯한 눈으로 한요를 바라봤다.

주술의 반작용을 감당할 망자들이 열하나나 늘어났으니 그만큼 주술의 힘도 강해지리라. 특히 이번 망자들은 정신력이 출중한 도사들과 충성심으로 무장한 장수였으니 더욱 좋았다.

"아직 완성된 것은 아니지만, 이 정도라면 제석천의 뇌전도 감당할 수 있겠는데?"

제석천의 뇌전!

그것은 또 무슨 주술이란 말인가?

이제 갓 스물두셋으로 보이는 청년 율령은 대체 얼마나 많은 상고의 주술을 알고 있는 것일까? 율령의 정체가 사뭇 궁금해지는 대목이다.

"하지만 아직 멀었어."

율령은 눈이 한요의 끝에 가 닿았다.

한요의 끝은 아직도 듬성듬성 빈곳이 많이 눈에 띄었다. 완벽한 법기가 되기까지 아직도 많은 수의 머리카락이 필요한 것이다.

"아직도 최소한 수백 명 정도는 더 필요하겠는데?"

한요에 자리한 머리카락의 양은 상당했다.

하지만 완성까지는 아직 한참 멀었다.

한요의 빈 곳 모두에 천도를 따르려는 의지가 담긴 머리카락이 필요하다. 육천의 마왕 마라의 심복을 상대하기 위해서는 최소한 그 정도는 되어야만 일말의 희망을 기대할 수 있으리라.

율령이 한요를 쓰다듬었다.

"천도를 따르기 위한 길……. 결코 쉽지 않은 길이 될 것입니다."

율령의 얼굴에 미안한 빛이 감돌았다.

한 식구가 되었기 때문에 존대한다기보다는 한요의 머리카락 하나하나에 담긴 영(靈)들이 어떤 짐을 나눠 져야 하는지 너무나도 잘 알고 있었기 때문이었다.

第二章

오해

1

율령이 한요를 쓰다듬으며 말을 이었다.

"내가 사용하는 것은 주술! 제아무리 천도를 따르는 일
이라 하나 마라의 심복이 인간들 틈에 있는 이상 내 주술은
인간들에게 사용이 될 테고 그에 따른 인과의 무게가 따라
붙는 것은 당연지사……. 반작용이 크고 또 크리라. 죄송
합니다. 여러분들께서는 그 무게와 고통을 저와 함께 나눠
지게 될 것입니다."

우우우웅!

돌연 한요가 힘차게 떨려왔다. 한요에 깃든 영들이 걱정 붙들어 매라는 듯 율령의 기운을 북돋은 모양이다. 율령의 얼굴이 환하게 밝아졌다.

"감사합니다. 그리고 다시 한 번 약속드립니다. 천도를 따르기 위해 한요를 사용한다면 여러분의 업장은 여러분이 나눠 진 고통과 무게만큼 가벼워질 것입니다. 그것이 바로 하늘과 땅 사이의 인간들을 하나로 이어주는 사람들과 하늘이 맺은 계약 중 하나이니까요."

천도를 따를 때와 사욕을 때를 때의 차이!

그것은 굳이 말하지 않아도 너무나 자명한 것 아니겠는가?

만에 하나 천도가 아닌 사욕으로 한요를 사용하게 된다면 그 고통과 짐은 오롯이 율령이 짊어지게 되리라.

율령은 한요를 거두고 다시 주변을 돌아보았다.

제법 긴 시간이 흐른 듯했지만 아직도 지전(紙錢)은 여기저기에서 잘도 타고 있었다. 방울 또한 여전히 홀로 울리고 있었고 바람 또한 계속해서 사위를 맴돌았다.

"이제 저분들을 다 돌려보내는 일만 남았군그래."

율령의 손끝에 또 하나의 부적이 들렸다.

글씨라기보다는 하늘로 향하는 그 어떤 흐름 같은 것들이 상징적으로 그려진 부적이었다. 율령은 그 부적을 하늘로 던지며 손바닥을 소리 나게 마주쳤다.

"귀천의 술! 본향(本鄕)의 길을 밝히는 횃불이여 타올라라!"

화르르륵!

부적에 저절로 불이 붙더니 환하게 밝아졌다.

횃불처럼 환하게 타오르는 부적이 하늘 높이 솟구치기 시작했다.

율령은 땅에 꽂아 놓은 방울을 집어 들고 천천히 흔들었다.

딸랑 딸랑.

"아직도 미련을 버리지 못하고 본체에 남아 있던 영(靈)들이여…… 저 환한 불빛을 따라 가시라! 그대들의 인과에 따라 갈 곳으로 가게 될지니……. 뿌린 대로 거두게 되리라!"

휘이잉. 화아악.

율령의 인도에 따라 한 줄기 바람이 사위를 휘감았다.

그 바람에 죽은 송나라 병사들의 영이 기꺼이 몸을 실었다.

휘류류류.

병사들의 영이 가득 담긴 회오리바람이 불빛을 좇아 하늘 높이 날아올랐다.

"인연무한(人然無限) 회륜진법(回輪眞法)하니 자업자득(自業自得)하게 되리라. 옴 아라남 아라다 옴 사바하……."

율령의 입에서 영가천도법문과 진언이 강물처럼 흘러나왔다.

        *   *   *

타닷. 쉬이익.

십여 명의 도사들이 무서운 속도로 달리고 있었다.

소매에 화려하게 수놓인 매화로 보아 화산파의 도사들이었다.

그때였다.

그들의 눈에 하늘 높이 날아오르는 정체불명의 불꽃이 들어왔다.

"저, 저 불빛은?"

"사형. 아무래도 도가 계열의 술법이 발휘된 것 같습니다."

"천도술(天道術)의 한 종류가 분명합니다, 사형."

화산파의 도사들은 대번에 술법의 종류를 짐작해 냈다.

오늘날의 화산파가 비록 속가로 변했다고는 하나 본디 속성은 도문이었기 때문이었다.

제아무리 도(道)를 버리고 무(武)의 길을 선택했다고는 하지만 저런 종류의 불꽃이 영가천도의 술법 중 하나에서 비롯된 것임을 모를 정도까지는 아니었다.

"전투가 모두 끝난 모양입니다, 사형."

"승리로 끝나 사제들이 죽은 이들을 위해 천도제를 지내고 있는 듯합니다."

도사들의 얼굴이 환해졌다.

혹여 동문(同門)의 아까운 인명이 스러지지나 않았을까 노심초사 달려왔던 마음이 사르르 풀어졌다.

"……!"

하지만 사형이라 불린 청년의 얼굴은 여전히 굳어 있었다.

"사형? 어째 그러십니까?"

"장문진인의 말씀 때문에 그러십니까? 너무 걱정하지 마십시오, 사형. 우리가 도착하면 천도제를 마친 사형제들이 웃는 낯으로 반겨 줄 것입니다."

그때 사형이라 불린 청년이 고개를 가로저었다.

"저 술법…… 사제들 말처럼 천도술의 한 갈래인 것 같긴 하나, 맹세코 나는 처음 보는 술법이다."

"그, 그 말씀은?"

"천도술의 시전자가 우리 사형제가 아닐 수도 있다는 뜻이다."

"······!"

무거운 침묵이 도사들을 휘감았다.

잠시 후 누군가 입을 열었다.

"혹, 종남산의 도우들이 손을 쓴 것은 아닐까요?"

사형이라 불린 도사가 고개를 흔들었다.

"종남산의 도문이 수십 수백이라 하나 근본은 우리 화산
파와 비슷하다. 저렇듯 불꽃을 따라 휘도는 삭풍이 영들을
휩쓸어 올리듯 회오리치지는 않아!"

"······!"

다시금 침묵이 내려앉았다.

사형이라 불린 도사가 무거운 목소리를 토해 냈다.

"속도를 높여라."

"예, 사형!"

타닷. 쉬이익.

화산파 도사들의 신형이 바람을 이끌며 쏘아졌다.

*   *   *

"이제 또 어디로 가야 하려나?"

망자들의 천도를 마친 율령이 답답한 표정으로 밤하늘을

바라보았다. 원수의 흔적을 찾을 수 없으니 이제 또 어디를 헤매야 할지 막막하기만 했다.

"열셋에 어머니를 잃고 삼년상도 포기한 채 조상의 유진(遺塵) 습득에 매달린 것이 칠 년. 원수의 흔적을 좇아 이 땅을 헤매인 것이 벌써 삼 년이니…… 내 나이 벌써 스물셋인가?"

새삼스러웠다. 조상의 유진을 완벽히 습득한 것도 아니고 어딘가에 몸을 숨기고 있을 원수의 정체를 알아낸 것도 아닌데 세월은 자꾸만 흘러간다.

"반드시 잡는다! 죽인다! 잡아 죽이고야 만다!"

불구대천지수(不俱戴天之讐)와 어찌 한 하늘 아래에서 살 수 있겠는가? 평생이 걸리는 한이 있더라도 기필코 놈을 잡아 소멸시켜 버리고야 말리라.

"육천의 마왕 마라여……. 네놈은 그 다음이다."

그것이 바로 최종 목표!

물론 최종 목표는 불가능에 가깝다. 육천의 마왕 마라는 석가모니 부처님께서도 물러나게 만드셨을 뿐 소멸시키지 못한 강대한 존재였기 때문이다.

물론 당시의 부처님께서 완전해지기 직전이었기 때문이기도 하겠지만 육천의 마왕 마라는 그만큼 강력한 존재이기에 마왕이라 불리는 것이다.

율령이 품속에서 무엇인가를 꺼내 들었다.

곱게 물들인 청, 홍, 녹, 황색의 실을 복잡하고 난해한 방식으로 교차하고 꼬아 만든 여의결(如意結:노리개의 하나)이었다. 하나, 결(結)의 방식이 이곳 송나라의 방식과는 사뭇 달랐다. 그리고 패옥(佩玉)도 송에서는 사용치 않는 초승달 모양이었다.

율령의 눈빛이 애잔해졌다.

홀연히 얼굴 하나가 떠올랐기 때문이었다.

"어머니⋯⋯."

율령의 눈이 지그시 감겼다.

국무당(國巫堂)이셨던 어머니와 보냈던 어린 시절, 그 행복하고 달콤했던 기억이 주마등처럼 스쳐 지나갔다.

율령의 손이 꽉 쥐어졌다.

스쳐 지나는 기억의 끝에 비참한 모습으로 눈을 감던 어머니의 모습이 떠올랐기 때문이었다.

번쩍!

벼락처럼 눈을 뜬 율령이 부적 한 장을 뽑아 들었다.

율령은 그 부적을 기이한 모양으로 꼬아 노리개에 묶었다. 하늘 높이 던져 올렸다.

"신성한 불 앞에 모든 것은 명명백백히 드러날지니⋯⋯."

우우웅.

하늘 높이 던져진 노리개가 허공에 우뚝 멈추더니 기이한 공명음을 발했다.

짝!

율령의 두 손바닥이 마주쳤다. 공작의 나래처럼 활짝 펼쳐졌다 모이며 아름다운 인(印)을 맺었다.

"노리개에 스몄던 마기(魔氣)의 실체는 지금 즉시 내 앞에 모습을 드러내라! 하아아아!"

율령의 입에서 강렬한 기합성이 발해졌다.

그 순간,

화아악!

노리개에 꽂혀 있던 부적이 폭발하듯 타오르더니 둥그런 띠를 이루고 활활 타올랐다.

신화천리안(神火千里眼)의 술(術)!

부동명왕의 광배(光背)인 가루라염(迦樓羅炎)에서 영감을 받아 만들어졌다고 하는 상고의 주술로, 이 주술이 펼쳐지면 제아무리 강한 악귀라 하더라도 숨을 곳을 잃고 귀령(鬼靈)을 드러낼 수밖에 없다고 전한다.

"나와, 이 개자식아! 나오란 말이야!"

율령이 악을 썼다.

원하는 대상이 너무 먼 곳에 있다면 흔적이라도 나타나

방향이라도 가늠할 수 있어야 정상인데…… 놀랍게도 원수의 흔적은 지극히 드물게 나타났다.

화르르. 화르르. 화르르르.

부동명왕의 눈이라도 되는 양 둥그렇게 타오르는 화염의 원이 모든 방위를 낱낱이 비추었다. 그럼에도 불구하고 율령이 원하는 흔적은 그 어디에도 나타나지 않았다.

"빌어먹을!"

율령의 입에서 욕설이 튀어나왔다.

막강한 위력을 지닌 주술인 만큼 정신력의 소모도 극심해서 주술의 지속 시간이 얼마 남지 않았기 때문이었다.

그때였다!

동남쪽 하늘 아래 깃든 지독한 어둠이 돌연 꿈틀하고 움직였다.

화아악!

그 기척을 감지한 신화천리안의 주술이 그곳을 향해 덜컥 멈춰졌다. 불꽃의 모든 빛이 그곳을 향해 집중되었다.

"찾았다!"

율령의 얼굴이 환하게 밝아졌다. 드디어 원수의 흔적이 주술에 걸려들었다. 동남쪽 하늘 아래 깃든 지독한 어둠의 한 귀퉁이가 스멀스멀 움직였다. 어둠보다 더 짙은 어둠이었지만 율령의 눈에는 똑똑히 보였다.

율령은 그 즉시 주술을 거두었다.

부동명왕의 눈인 양 활활 타오르며 동남쪽을 비추던 화염의 띠가 씻은 듯 사라졌다. 어머니의 유일한 유품이었던 노리개가 뚝 떨어져 내렸다.

"놈! 기다려라!"

씨이익.

노리개를 받아 든 율령이 회심의 미소를 지었다.

그토록 보이지 않던 원수의 흔적은 무슨 연유에선지 한 번 나타나면 최소 며칠에서 길게는 두어 달 동안 이어졌고 한 자리에 머물러 있었다.

율령의 입장에선 천금 같은 기회였다.

원수의 흔적이 그렇게 드문드문하게라도 나타나 주지 않았다면 복수행(復讐行)은 꿈도 꾸지 못했을 테니까.

그때였다.

"멈춰라!"

"어딜 가려느냐?"

휘릭. 휘릭. 휘리릭.

날렵한 몸놀림으로 율령의 퇴로를 가로막아 선 인영들이 있었다.

다름 아닌 화산파의 도사들이었다.

2

율령의 얼굴이 잔뜩 찌푸려졌다.

한시가 급한데 퇴로까지 막아선 도사들을 보니 분노가 치밀었다.

"비켜, 이 새끼들아. 나 바빠. 네놈들이 뭔데 길을 막고 지랄이야?"

소매에 수놓인 매화 송이가 두렵지도 않은지 거침이 없었다.

사형이라 불리던 청년이 한 발 앞으로 나섰다.

"행색으로 보아 같은 도문에 속한 듯한데…… 버르장머리가 없는 소형제로군. 너는 어디의 누구냐?"

화산파 도사들에 둘러싸여 있으면서도 시선은 동남쪽 하늘을 향해 있던 율령이 씹어 뱉듯 입을 열었다.

"도문은 개뿔……. 나 지금 무지 바쁘거든? 그러니까 좋은 말로 할 때 어서 빨리 비켜."

"……!"

비키지 않으면 가만히 있지 않겠다는 뜻.

화산파 도사들은 모두 어이없는 표정을 지었다.

곱상하게 생긴 것이 이제 갓 약관이나 넘음 직해 보이는 청년이 지닌바 잡술을 너무 맹신하는 듯 보였기 때문이었다.

"이놈! 어린놈이 말을 너무 함부로 하는구나."

"수상한 놈입니다. 일단 제압해 놓고 하문하시죠."

"맞습니다. 저 녀석…… 계속해서 하늘만 바라보고 있습니다. 동남쪽에 무언가가 있는 듯합니다."

"혹시 모르죠. 도주할 방향을 계산하고 있는 것인지."

율령을 에워싼 도사들이 분노한 얼굴로 한마디씩 던졌다.

사형이란 불린 청년이 엄한 표정을 지었다.

"사제들도 말을 함부로 하지 말도록. 아직 밝혀진 것이 아무것도 없거늘 어찌 사람을 이리 겁박하는 것인가?"

말이야 사제들을 책망하는 것이었지만 전투에 참여했을 사제들의 모습이 보이지 않는 것에 관계가 있다면 자신 역시 가만히 있지 않겠다는 뜻이었다.

"나는 화산파의 청일이라 한다."

"아, 환장하겠네……. 그래서?"

불량소년처럼 말을 뱉으면서도 율령의 눈은 계속해서 동남쪽 하늘 아래에 닿아 있었다.

그 태도에 청일 역시 욱 하고 뭔가 뜨거운 것이 치밀어 올랐지만 사제들을 이끌고 온 좌장답게 꾹 눌러 참으며 말을 이었다.

"소형제가 이곳의 일을 다 봤으리라 짐작하건대…… 혹, 우리 화산파의 사형제들을 보았는가?"

청일의 목소리엔 일말의 희망이 담겨 있었다.

흑상의 토벌이 실패로 돌아갔음은 굳이 말하지 않아도 알았다.

주변에 가득한 상군의 시신들……. 흑상으로 보이는 주검들이 보이질 않으니 결론부터 말하자면 그들이 승리했고 흔적을 지운 채 사라졌다는 뜻이었으니까.

하지만 어둠 탓인지 저 정체불명의 청년이 서 있는 위치 탓인지는 몰라도 사제들의 주검이 보이지 않으니 혹시라도 사제들이 살아 있는지 궁금한 것이다.

율령은 여전히 동남쪽 하늘을 바라보며 퉁명스럽게 말했다.

"정작 상대해야 할 놈들은 다 도망쳤는데 공연한 사람 붙잡고 난리야……."

"……?"

말뜻을 채 곱씹기도 전에 율령의 입에서 청천벽력과도 같은 말이 흘러나왔다.

"애먼 사람 잡지 말고 눈깔 달렸으면 주위를 둘러봐. 저 어기 저곳……. 저곳에 화산파 도사들 다섯이 쓰러져 있잖아!"

청일은 율령이 가리킨 곳을 향해 시선을 돌렸다. 크게 눈을 뜨고 안력을 돋웠다. 주위를 뒤덮은 지독한 어둠에 사물이 잘 보이지 않았기 때문이다.

"......!"

청일의 눈이 점점 더 크게 떠졌다.

지독한 어둠 속에 유령인 양 희끄무레한 그 무엇들이 보이기 시작했다. 송나라 상군과는 확연히 구분되는 색, 바로 자신들이 입고 있는 것과 같은 도복이었다.

휘릭.

청일은 그 즉시 그곳을 향해 신형을 날렸다.

"......!"

청일의 눈이 점점 더 크게 부릅떠졌다.

새하얀 도복이 피에 젖어 있다. 움직이지 않았다.

청일이 싸늘하게 식어 버린 사제들의 주검을 와락 끌어안았다. 애통하게 부르짖었다.

"청산! 사형이다, 사형이 왔다. 청송! 눈을 떠 봐라. 눈을 떠 보란 말이다. 어흐흐."

청일은 사제들 이름을 하나하나 부르며 서럽게 눈물을 흘렸다.

율령을 에워싸고 있는 도사들도 하나같이 눈물을 쏟았

다.

그러다 발작적으로 율령을 쏘아보며 외쳤다.

"화산의 삼 대 제자가 이렇게 허무하게 죽을 리 없어."

"맞아! 흑상 무리 따위가 어찌 화산의 삼 대 제자를 해 (害)할 수 있단 말이야?"

"뭔가 요사한 술수가 있었을 거야."

"맞습니다. 틀림없습니다."

계속해서 동남쪽 하늘만 바라보던 율령의 시선이 그제야 화산파 도사들을 향했다. 율령의 표정과 시선엔 어처구니 없음이 하나 가득 담겨 있었다.

"흑상 무리 따위? 이봐! 그놈들은 그냥 흑상 무리 따위 가 아니야. 서하의 특수부대 중 하나인 흑랑대였다고!"

사실을 밝혔지만 통하지 않았다.

"닥쳐라. 흑랑대 따위가 어찌 대화산파의 삼 대 제자들 을 상대할 수 있단 말이냐?"

"종남산의 도우들까지 모두 당했다. 무림 중의 누군가가 돕지 않고서야 그럴 수는 없는 일!"

"네놈이 사이한 수작을 부려 그놈들을 도왔지? 그렇 지?"

참으로 대단한 자부심이다.

그래도 전대 장문진인인 자허진인 시절의 화산파는 도문

으로서의 명맥이 살아 있었다. 자허진인의 급작스런 사퇴 이후 그의 둘째 사제였던 자하진인이 장문인의 위(位)에 올랐고 그 후부터 완전히 속가의 무림문파로 돌변해 버렸다.

길다면 길고 짧다면 짧은 십 년이란 세월에 어찌 이리 많이 변했단 말인가? 이제는 격무(激務)에서 벗어나 죽기 전까지 실컷 도(道)나 닦겠다며 폐관하고 있을 자허진인이 알면 기겁을 하고 통탄할 일이다.

이제는 하나의 무림문파로 완전히 탈바꿈한 화산파의 도사들은 자신들의 사형제들이 서하의 흑랑대 따위의 손에 쓰러진 것을 결코 믿으려 하지 않았다.

율령의 눈초리가 서서히 하늘로 말려 올라가기 시작했다.

"뭐어? 흑랑대 따위? 그리고 또 뭐라고? 내가 사이한 수작을 부려 그놈들을 도왔다고? 덤터기를 씌워도 유분수지……. 이 많은 사람들 천도까지 시켜 준 날 감히 모함해?"

그때였다.

죽은 사제들을 고이 한 곳에 누인 청일이 율령 앞에 와 섰다.

"사제들의 능력은 내가 잘 알고 있다."

"그래서?"

"흑랑대라고 했나?"

"……."

"서하군의 특수부대라곤 하나 기껏해야 조금 더 숙련된 병사 나부랭이들……. 겨우 그들만으로 내 사제와 종남산의 도우들 모두를 쓰러뜨릴 수는 없다. 필시 무언가 흑막이 있으리라."

사제들은 모두 검기상인의 경지였다.

종남산의 도우들 역시 그에 못지않은 수준이 파견되었을 터, 그 수준의 무인 열 명이라면 흑랑대 기십 명 따위 물리치고도 남아야 한다고 생각했다.

물론 사제들의 말이나 자신의 생각이 조금 억지스럽다는 생각도 들었다. 하지만 화산파의 제자들이 허무하게 쓰러진 이상 그에 합당한 핑계가 필요했다. 매화향이 만 리를 달린다는 화산파의 명예를 생각하면 없던 핑계라도 그럴듯하게 만들어야만 하니까. 청일은 율령을 제압한 후 일의 전말을 실토받기로 마음먹었다.

씨이익.

율령의 입가에 섬뜩한 미소가 맺히기 시작했다.

"그 흑막이 나라, 이거지?"

스릉.

청일이 검을 빼 들었다.

"그래. 네 말대로라면 흑랑대의 무위는 내 사형제들보다 뛰어나다고 해야겠지. 한데 그런 뛰어난 놈들에게 너는 어찌하여 들키지 않았지? 같은 족속이 아니고서야 불가능한 일!"

스릉. 스릉. 스릉.

"맞습니다, 사형."

"일단 제압한 후 자세히 알아봐야 합니다."

"건방진 놈. 네놈이 비웃던 대화산파의 절기를 보여 주마."

율령을 에워싸고 있던 도사들이 일제히 검을 뽑았다.

"……!"

다시 한 번 동남쪽 하늘을 바라보았던 율령의 얼굴에 큰 분노가 어렸다. 그토록 찾아 헤매던 흔적이 꿈틀 흔들리기 시작했기 때문이었다.

*　　　*　　　*

섬서로 동남방에 위치한 서안.

서하와 요의 국경에 접해 있는 로(路)에 속해 있기는 하나 전장과 비교적 멀리 떨어져 있는 곳이기 때문인지 아니면 송나라가 돈을 주고 평화를 샀기 때문인지는 몰라도 섬서로의 황도답게 대단히 활기찬 곳이었다.

크고 넓게 뚫린 도로들 사이로 커다란 건물들이 즐비했다.

그 많은 건물들이 다 시전(市廛)들일 만큼 서안의 상업은 대단히 활발했다.

그런 서안의 상업이나 재정을 모두 통괄하는 곳이 전운사다.

군사를 담당하는 안무사와 사법을 담당하는 제점형옥과 더불어 전운사는 섬서로의 재정을 모두 총괄하는데, 그런 만큼 주무르는 돈의 규모는 엄청나다.

그러한 전운사의 수장인 주관장사(主管帳司) 여문량이 사시나무 떨 듯 떨며 오체투지 하고 있다.

"오, 오셨나이까?"

"……!"

주관장사의 집무실을 제집인 양 벌컥 열어젖히고 들어오는 사람은 놀랍게도 여인이었다.

황금빛 면류관에 금실로 수놓은 용포를 휘감고 있는 여인, 애써 기른 손톱을 보호하는 네 치 길이의 손톱 호갑(護甲)까지 착용하고 있는 것으로 보아 여인의 신분은 지극히 높은 듯했다.

여인은 당연하다는 듯 주관장사 여문량의 자리에 앉았

다.

톡. 톡. 톡.

여인은 손톱 호갑으로 의자의 팔걸이를 살짝 두들겼다.

적막한가운데 울려 퍼지는 그 소리가 어찌나 섬뜩하게 느껴지는지 여문량은 몸을 부르르 떨었다.

오체투지를 한 여문량의 모습을 아무런 감흥 없는 눈으로 바라보던 여인이 불쑥 입을 열었다.

"그래, 일은 다 되었느냐?"

묘한 열기가 담긴 음성이다.

그러나 여문량에겐 그 목소리가 지옥나찰의 괴성만큼이나 무섭게만 들렸다.

쿵.

여문량의 머리가 세차게 바닥을 찧었다.

"다, 달포만……. 달포의 말미만 더 주시면 가(可)하나이다."

톡. 톡. 톡.

손톱 호갑 소리가 다시 들렸다.

"호언장담했던 때가 한 달 전 아니었나?"

"죄, 죄송합니다."

쿵. 쿵. 쿵.

여문량이 계속해서 바닥에 머리를 찧었다.

이마가 깨지며 사방에 핏물이 튀었다.

아무런 감흥도 없는 눈으로 바라보던 여인이 품속에서 무엇인가를 꺼내 들었다. 짚을 헝겊으로 싸 조악하게 만들어 낸 인형이었는데 그 인형을 꺼내 들고 나서야 비로소 여인의 입가에 작은 미소가 피어났다.

"겨우 이마 조금 깨진 것으로 되겠어?"

흠칫. 부르르.

여문량의 몸이 사시나무 떨 듯 마구 떨렸다.

"벌은 제대로 받아야지. 안 그래?"

여인이 인형의 팔 하나를 잡는가 싶더니 이내 콱 꺾었다.

그러자,

콰드득.

섬뜩한 파열음과 함께 여문량의 팔이 인형의 팔과 똑같은 방향으로 꺾였다.

주술이다! 틀림없다!

불행을 기원하거나 병들어 죽기를 원하는 등의 저급한 수준의 저주술이 아니라 대상자의 신체까지 마음먹은 대로 파괴할 수 있는 최고 수준의 주술이었다.

"으아악!"

여문량은 찢어져라 입을 벌리고 비명을 질렀다.

"입 다물어. 목을 비틀어 버리기 전에."

"으으읍. 끄으으⋯⋯."

여인의 말이 떨어지기가 무섭게 여문량은 입을 다물었
다.

어찌나 세게 이를 악물었는지 잇몸이 찢어져 피가 살짝
내비칠 정도였다.

"그동안 뿌린 황금이 대체 얼마야? 그런데도 아직 섬서
로의 핵심 관리들을 모두 포섭하지 못했단 말이야? 응?"

여인은 꺾어 버린 인형의 팔을 붙잡고 이리저리 비틀었
다.

우둑. 우두둑.

여문량의 팔이 인형과 똑같은 모습으로 움직였다.

"크으으으. 제발⋯⋯ 제바알⋯⋯."

눈물과 땀범벅이 된 여문량이 애절하게 자비를 구했다.

3

"말해!"

여인의 손이 멈춰졌다.

여문량은 사력을 다해 비명을 참으며 겨우 말을 이었다.

"끄으으⋯⋯ 서, 섬서 안무사 왕우량과⋯⋯ 크으윽. 화

음현의 지주(현령) 곡운성만 나, 남았나이다."

말인즉 섬서로에 임관한 핵심 관리들 중 오직 그 두 사람만 남고 모두 포섭했다는 뜻이었다. 참으로 놀라운 일, 황제가 안다면 당장에 반란군으로 몰려 토벌당할 일이다.

여인은 그제야 인형의 팔을 원상태로 돌려놓았다.

기괴하게 꺾여 있던 여문량의 팔도 제자리로 돌아왔다.

그러나 부러지고 꺾여 버린 뼈와 그 조각들에 찢긴 근육들의 상처는 그대로였다. 제아무리 뛰어난 의원에게 치료받는다 하더라도 최소 육 개월은 걸리리라.

여문량은 밀려드는 끔찍한 고통에 튀어나오려는 비명을 사력을 다해 참아냈다.

"두 놈이라⋯⋯. 그놈들이 아직도 버티는 이유는?"

"그, 그게⋯⋯ 너무 꽉 막힌 놈들이옵니다."

"꽉 막혀? 중앙으로의 진출을 약조했는데도 흔들리지 않았어?"

"그, 그러하옵니다. 안무사 왕우량은 보기 드문 용장으로 머릿속이 서하와 요를 막을 사람은 자신밖에 없다는 생각으로 가득해 황금이 통하질 않사옵고⋯⋯ 화음현의 지주 곡운성은 화산파와 종남산 도사들의 힘을 등에 업고 운용 자금의 오 할을 요구하고 있나이다. 화산파와 종남산 도사들을 움직여 청백염의 판로를 막겠다는 망언까지 공공연하게 하고 있는 실정이옵니다."

"감히 그놈들이!"

여인의 어금니가 꽉 다물렸다. 치솟는 분노를 참기 어려웠다.

"그놈들의 사주와 머리카락은?"

"여, 여기 있나이다!"

여문량의 하나 남은 팔이 품속에 들어갔다 나오더니 작은 주머니 두 개를 꺼내 들었다.

여인이 주머니를 확 낚아채더니 그중 하나의 내용물을 꺼냈다.

사주를 적은 종이와 흰 머리가 섞인 머리칼이 나왔다.

여인이 종이를 쫙 펴 읽었다.

"왕우량. 경신년 팔월 초파일 자시 생이라……."

씨이익.

여인의 입꼬리가 길게 말려 올라갔다.

사주와 머리칼이 손에 있으니 이제 그놈들의 목숨은 자신의 것이나 다름없다.

"어떻게 할까? 단순한 인형으로 만들까? 아니면 수족으로 만들까?"

단순한 인형이라면 눈앞의 여문량과 같은 수준이다.

하지만 수족으로 만들려면 아직 쓰지 말아야 할 힘을 끌어내 조금 나눠 줘야만 한다.

톡. 톡. 톡.

여인의 손톱 호갑이 다시 두들겨졌다.

그 작은 소리가 천둥처럼 고막을 두들기는지 여문량은 그때마다 움찔거렸다.

그렇게 얼마나 지났을까? 이윽고 손톱 호갑 소리가 멈춰졌다.

"좋아. 어차피 분신도 셋으로 늘려야 하는데…… 하나 남은 삼시충은 중놈들에게 심어야만 해. 그래야 내 분신이 중놈들도 명예와 부(富) 그리고 세속의 쾌락을 알게끔 이끌어 시나브로 타락시켜 갈 수 있어. 그러니 이번엔 그냥 수족으로 하지, 뭐. 도사 놈들이야 이미 거의 타락시킨 셈이니 별 상관없잖아."

분신을 셋으로 늘린다는 말은 둘은 벌써 존재한다는 뜻인가?

삼시충으로 만든다는 분신은 대체 뭐고 수족은 또 어떻게 다른 것일까? 게다가 도사들을 거의 타락시켰다는 말은 또 무슨 뜻일까?

갈수록 알 수 없는 말들만 계속해서 튀어 나온다.

여인의 손이 품속을 들어갔다 나왔다.

여문량을 그렇게 만들었던 것과 똑같은 형태의 인형이

여인의 손에 쥐어졌다.

"그럼, 어디 시작해 볼까?"

여인은 안무사 왕우량의 사주가 적힌 종이에 머리카락을 곱게 싼 후 인형의 뱃속에 밀어 넣었다.

*   *   *

전운사에서 그리 멀지 않은 곳에 섬서로의 군(軍)을 총괄하는 안무사가 있었다. 송나라가 비록 중문경무해 오고 용관용병 적빈적약한다지만 서하와 요의 국경과 맞닿아 있는 곳인지라 안무사의 군기는 제법 엄했다.

경계 근무 중 가장 해이해지기 쉬운 시각인 인시(寅時)임에도 불구하고 병사들의 눈은 초롱초롱했고 근무 교대도 차질 없이 이뤄지고 있었다.

그 모두가 안무사 왕우량 때문이다.

"충!"

"충!"

외곽 경계를 서던 병사들이 돌연 소리 높여 군례를 했다.

아직 첫 닭도 울기 전인데 안무사 왕우량이 순시에 나섰기 때문이었다.

"수고들 많군."

"아닙니다."

"마땅히 해야 할 일입니다, 장군."

"그래. 계속 수고하도록."

당치도 않다는 듯 목청 높여 외치는 병사들을 향해 왕우량은 고개를 살짝 끄덕여 보인 후 다른 곳을 향해 걸음을 옮겼다.

함께 따라 나섰던 부관이 흐뭇한 표정을 짓다가 왕우량을 향해 조심스레 입을 열었다.

"오늘도 역시 군기가 엄정합니다. 이만 들어가 쉬심이 어떻습니까, 장군."

"그 무슨 말인가? 수하들은 저리 열심히 근무를 서는데 어찌 나 혼자 편히 쉬란 말인가?"

"이 땅이 평화를 찾은 지 이미 오래지 않습니까. 저는 이러다가 장군의 건강이 상할까 그것이 염려되어 드리는 말씀입니다."

왕우량이 아무 염려 말라는 듯 빙그레 웃어 보이더니 돌연 연무장을 향해 고개를 까딱해 보였다.

"내 건강이라……. 어떤가? 확인도 시켜 줄 겸 오랜만에 자네 실력이 얼마나 늘었는지 한번 봐 줌세."

"자, 장군님……!"

부관의 얼굴이 살짝 어두워졌다.

왕우량의 실력을 익히 잘 알고 있었기 때문이었다.

안무사 왕우량은 약하기만 한 송나라의 병사들 중 그래도 가장 강병들만 모여 있는 섬서로를 이끄는 수장으로, 그 이름도 쟁쟁한 청성파의 속가제자였다.

비록 적전제자들에게 베풀어지는 무공들보다는 한 수 처지는 검법으로 통하는 송풍검법을 배웠지만 오랜 세월 일심으로 닦아온 덕에 어중간한 배움에 그친 상승무공을 익힌 적전제자들보다 낫다는 평가를 받아온 용장 중의 용장이었다.

그런 사람과 대련이라니!

맞는 것도 한두 번이지 더 이상은 싫었다.

"어허! 군문에 몸을 담고 있는 자가 어찌 대련을 마다한단 말인가? 어서 나서게."

"예, 장군."

서슬 파란 왕우량의 채근에 부관은 죽상을 하며 따라나설 수밖에 없었다.

*　　　*　　　*

"너는 이제 내 거야."

여인은 날카로운 손톱 호갑 끝으로 다른 손가락 하나를

찔러 살짝 피를 내었다. 여인은 그 핏물로 인형에 왕우량이
라고 썼다.

콱!

여인이 두 손으로 인형을 감싸 쥐었다.

두 눈을 꼭 감은 여인의 입에서 알아들을 수 없는 기괴한
주문이 흘러나오기 시작했다.

*   *   *

연무장에 마주 보고 선 왕우량과 부관이 검을 꺼내 들었
다.

"전력을 다해. 그렇지 않으면 위험할지도 몰라."

"자, 장군님……."

부관이 조금 봐 달라는 듯 울상을 지었다.

"어허!"

왕우량이 어림없다는 듯 검을 들어 부관을 향해 겨누었
다.

그때였다.

휘이이이!

느닷없이 돌개바람 한 줄기가 일더니 사위를 할퀴고 지
나갔다.

그와 동시에 연원을 알 수 없는 섬뜩한 기운이 주변에 자욱하게 깔렸다.

"으음?"

왕우량이 갑자기 고개를 갸웃했다.

오랜 세월 닦아온 청성파의 독문 내공심법 덕에 그 흔한 고뿔 한 번 걸리지도 않았건만 돌연 머리가 어지러워졌기 때문이었다.

이해할 수 없었다.

어찌나 어지러운지 검을 들고 서 있기조차 힘들었다.

"내가…… 갑자기…… 왜, 왜 이러지?"

검을 들었던 팔이 절로 내려왔다.

이해할 수 없었다. 너무나 어지럽다. 아니, 이젠 아프기까지 하다.

천지사방이 빙글빙글 돈다. 머리가 쪼개질 듯하다.

가만히 서 있기도 버거울 정도다. 몸을 가눌 수가 없다.

딸그랑.

왕우량의 손에 들린 검이 힘없이 땅에 떨어졌다.

"어, 어지러워. 아파, 너무 아파……."

왕우량이 비틀거리기 시작했다.

어지러움과 고통을 참기 힘들다는 듯 두 손으로 머리를 감싸 쥐었다. 털썩 무릎을 꿇었다.

"장군!"

화들짝 놀란 부관 심왕진이 왕우량을 향해 뛰어왔다.

*   *   *

끝없이 이어지던 주문이 끝났다. 여인이 눈을 번쩍 떴다.

놀랍게도 여인의 눈은 핏물이 뚝뚝 떨어질 듯한 혈안이었다.

그 눈에서 붉은 광채가 줄기줄기 뻗어 나왔다.

휘이이. 휘이이.

인형을 움켜쥔 여인의 주위를 귀기 섞인 바람이 맴돌기 시작했다.

실내를 밝혀주던 촛불이 일제히 훅 꺼졌다.

여인의 눈에서 뿜어져 나오는 붉은 광채만이 주변에 가득했다.

어찌나 무서운지!

여인은 숫제 사람이 아닌 듯하다. 인간이 아닌 전혀 다른 존재인 것만 같다. 마귀, 그 자체였다. 그 단어밖에 생각나지 않았다.

"아으으……"

오체투지 한 채 고개를 처박고 있던 여문량이 와들와들

떨었다.

무서워 참을 수가 없었다. 이대로 지옥으로 빨려 들어갈 것만 같은 두려움이 엄습했다.

하지만 할 수 있는 것은 아무것도 없었다. 그저 거미줄에 걸린 곤충처럼 벌벌 떠는 것만이 여문량에게 허락된 것이었다.

여인의 입이 살짝 열렸다.

"왕 · 우 · 랴앙."

*   *   *

"어헉! 누, 누구냐?"

참을 수 없는 어지러움과 고통에 비틀거리던 왕우량의 머릿속에 정체불명의 목소리가 스몄다. 한없이 사이한 목소리, 그 목소리를 듣는 순간 왕우량의 심장이 철렁 내려앉았다.

"자, 장군님. 접니다."

곁에 있던 부관 심왕진은 크게 당황했다.

왕우량이 자신조차 알아보지 못하고 헛소리를 하는 듯해서였다.

　　　　　＊　　　＊　　　＊

　여인의 입에서 지옥의 노래와 같은 음성이 흘러나왔다.

　"영접하라. 나는 너의 주인이니라—아."

　지옥의 선언과도 같은 목소리가 인형 속으로 파고들었다.

　여인의 눈에서 뿜어지는 붉은 기운도 인형 속으로, 더 정확히는 인형의 머리로 파고들었다. 인형의 머리가 서서히 붉은빛을 띠기 시작했다.

　　　　　＊　　　＊　　　＊

　"우와아악!"

　처참한 비명 소리와 함께 왕우량이 나뒹굴었다.

　데굴데굴 구르며 괴로워했다.

　그토록 강건하던 청성파의 내공도 아무런 소용이 없었다.

　지독한 한파에 얼어 버리기라도 한 듯 움직이지 않았다. 그 사이 참을 수 없는 고통이 파고들어 왕우량을 괴롭혔다. 보이지 않는 손이 뇌를 마구 주물러대는 느낌이다.

　"그, 그만…… 그마안!"

"장군님! 여봐라! 게 아무도 없느냐?"

심왕진이 소리 높여 수하들을 불렀다.

"이게 대체 무슨 일입니까?"

"이, 이런 변괴가 있나?"

안무사가 발칵 뒤집혔다. 사방에서 장수와 병사들이 뛰어 나왔다.

"장군님을 어서 안으로 뫼시거라."

"충!"

"그리고 너는 어서 의원님을 불러라. 어서!"

"충!"

병사들 몇몇이 왕우량을 부축하기 위해 다가갔지만 목적을 이룰 수 없었다. 왕우량의 몸부림이 점점 더 심해졌기 때문이었다. 발작하듯 나뒹구는 왕우량을 아무도 감당하지 못했다.

"우와아아악! 그만! 그마안!"

"헉! 장군님이 피눈물을 흘리십니다."

"뭐라? 어서 빨리 의원님을 모셔 오너라. 어서!"

왕우량의 상태는 점점 더 나빠져만 갔다.

"이, 이게 대체 무슨 변괴란 말이냐?"

부관 심왕진의 목소리가 가늘게 떨렸다.

第三章

주술 대 무술

1

　여인의 목소리가 점점 더 사이해졌다.

　"거부하지 마라. 내 힘을 받아들임을 영광스러워하라. 너는 내게 선택된 몸, 이 세상이 주지 못하는 끝없는 명예와 영광이 너의 것이 될 것이니…… 내 힘을 어서 너의 것으로 받아들여라. 너는 나의 손과 발이 되어 이 세상을 마음껏 질타하게 되리라."

　버언쩍!

　여인의 눈에서 뿜어지던 빛이 붉다 못해 검붉어졌다.

그 빛이 인형의 머릿속으로 무섭게 빨려들었다.

츠으으.

인형의 머리가 급속도로 붉어졌다.

*　　*　　*

극도의 어지러움과 두통에 발버둥 치던 왕우량의 움직임
이 거짓말처럼 멈춰졌다. 그리고 잠시 후 왕우량의 눈이 번
쩍 떠졌다. 왕우량의 눈에서 섬뜩한 붉은빛이 번득이는가
싶더니 이내 씻은 듯 사라졌다.

"장군! 무탈하십니까?"

부관인 심왕진을 한 번 스윽 쳐다본 왕우량이 아무렇지
도 않다는 듯 벌떡 일어섰다.

"난 괜찮다. 호들갑 떨지 마라."

"그, 그래도……."

왕우량이 주위를 돌아보며 버럭 고함을 질렀다.

"이놈들! 무슨 구경거리가 났다고 모두 몰려왔느냐? 어
서 빨리 원상 복귀하지 못할까!"

"충!"

"이제 그만 너도 들어가라!"

"자, 장군……."

아무 일도 없었다는 듯 자신의 방을 향해 몸을 돌리는 왕
우량의 얼굴이 심왕진의 눈에는 너무나 낯설게 느껴졌다.

* * *

"후우. 잘 끝났군."

여인의 목소리는 약간 피곤한 듯했다.

수족으로 만드는 일은 상당한 힘이 소모되는 듯 보였다.

"이놈은 어떻게 할까?"

여인은 화음현의 지주 곡운성의 사주와 머리카락이 담긴
주머니를 만지작거렸다. 곡운성에게 어떤 벌을 내려야 좋
을지 즐거운 고민을 했다.

그러던 어느 한순간 여인의 고개가 슬쩍 가로저어졌다.

마음이 바뀐 모양이었다.

"운용 자금의 오 할을 요구하고 화산파와 종남산 도사들
을 움직여 청백염의 판로를 막겠다는 망언까지 공공연히
한다? 후훗! 공연히 내가 손 쓸 필요 없군그래. 화산과 종
남산의 호랑말코들에게 돈맛을 보여 주고 있다는 뜻이네?
좋아. 아주 좋아. 시키지도 않았는데 아주 잘하고 있어."

여인에게 있어 불가나 도가는 상극이다.

그렇잖아도 그들을 어찌 세속적으로 타락시켜 불력과 도

력을 무력화할 수 있는지 고민하고 있었는데 곡운성은 스스로 알아서 인형이나 수족 노릇을 충실히 해 주고 있었다.

"그렇다면 굳이 내가 힘을 뺄 필요가 없지."

여인의 눈이 여문량에게 향했다.

"일어나라."

"가, 감사하옵니다."

"곡운성은 더 이상 신경 쓸 필요 없다. 아니, 오히려 해 보려면 해 보라는 듯 서하 놈들과의 거래 장소를 적극적으로 흘려. 네가 요구를 들어주지 않으면 그놈, 모르긴 몰라도 화산파와 종남산의 도사 놈들을 충동질해서 계속 방해하려 들걸?"

"그, 그렇게 되면 일에 차질이 생기지 않겠습니까? 며칠 전의 거래도 귀띔을 주긴 했지만 청백염이 한 수레나 못쓰게 되어 버렸습니다."

"그쯤이야 감수하지 뭐. 괜찮다."

"알겠나이다."

"그보다…… 답신은 왔더냐?"

"여, 여기 있나이다."

여문량이 품속에서 봉투 하나를 꺼내 바쳤다.

늑대 모양의 봉인이 찍혀 있는 봉투, 흑랑대를 이끌고 왔던 사내가 흑상 편에 보냈던 바로 그 봉투였다.

여인은 즉시 봉투를 찢어 내용물을 꺼냈다.

봉투 속에는 간결한 내용의 서신이 들어 있었다.

"……!"

그 서신을 읽어 내려가는 여인의 눈초리가 점점 더 초승달 모양으로 휘었다.

잠시 후 여인이 벌떡 일어섰다.

"나올 것 없다."

"사, 살펴 가소서."

땅에 닿을 듯 고개를 숙였던 여문량의 고개가 들렸을 때 그의 눈앞에는 아무도 없었다.

*   *   *

아드득.

율령의 이가 섬뜩한 파열음을 내었다. 원수가 움직이려 하고 있다.

시간이 더 지체된다면 완전히 그 흔적을 놓치게 되리라.

"단지 멍청할 뿐인 놈들이라 죽이지는 않겠다."

율령의 손이 허리에 걸린 목검을 잡아갔다.

청일이 불쾌한 얼굴로 입을 열었다.

"지금 그 알량한 목검으로 우릴 상대하겠다는 건가, 소형제?"

율령이 이죽거렸다.

"그냥 목검이 아니야. 맛을 보면 알게 될 거야."

그 말이 신호였을까? 아니면 분노를 촉발시킨 것일까?

"이놈!"

"건방진 놈! 하아아!"

율령 양옆에서 두 도사가 튀어나오며 검을 휘둘러 왔다.

율령의 왼발이 학처럼 사뿐히 들리는가 싶더니 성큼 내디뎌졌다. 그 발을 축으로 빙글 휘돌았다. 손에 들린 목검이 그림처럼 아름다운 호선을 그렸다.

타탕.

놀랍게도 도사들의 검이 목검에 걸려 크게 뒤로 튕겼다. 가슴과 복부가 그대로 드러났다.

쌔애액. 빠박.

팽이처럼 다시 한 바퀴 휘돈 목검이 도사들의 가슴과 허리를 후려쳤다.

"크읍!"

"허억!"

목검에 얻어맞은 도사들이 피를 뿜으며 훌훌 뒤로 날렸다.

가볍게 맞은 듯했지만 갈비뼈와 내장이 크게 상한 듯 보였다.

"범상치 않은 놈이다. 모두 함께 쳐라."

"이놈!"

"하아아!"

청일의 외침에 나머지 도사들 모두가 달려들었다.

청일의 얼굴엔 합공의 부끄러움 따윈 전혀 없었다. 목검으로 진검을 튕겨 내는 것으로도 모자라 순식간에 사제 둘을 쓰러뜨린 율령을 어서 빨리 제압해야 한다는 생각뿐이었다.

"흥!"

야멸찬 콧소리와 함께 율령의 움직임이 더욱 빨라졌다. 가볍게 내딛는 발걸음에 실린 그의 신형이 흐느끼듯 이리저리 휘돈다. 함께 휘도는 목검이 어둠을 가르며 아름다운 선을 그려 냈다.

타앙. 타타탕.

율령을 향해 쏟아졌던 검들이 모조리 뒤로 튕겼다.

빠박.

"크윽!"

"어헉!"

율령의 앞뒤에서 달려들던 두 도사가 머리와 다리를 붙잡고 쓰러졌다. 대체 어느 틈에 방어에서 공격으로 전환했단 말인가? 목검의 흐름을 이해할 수가 없었다.

"이, 이럴 수가!"

"사술이다!"

화산파 도사들의 입에서 경악성이 튀어 나왔다.

춤을 추듯 공간을 휘젓는 율령의 보법과 검법은 듣도 보도 못한 것이었기 때문이었다.

성큼 내딛는 듯해 공격해 들어가면 어느새 허깨비처럼 뒤로 휘돌아 검을 쳐 낸다. 승무를 추는 승려의 가사 자락처럼 사위를 휘감는 목검은 빈틈이라 생각했던 모든 방위를 지켜 내며 또한 공격까지 동시에 퍼붓는다.

"잡았다, 이놈!"

오른쪽에서 달려들던 도사 하나가 회심의 미소를 지었다.

율령의 등 한복판을 정확히 찌른 것이다.

그러나……

뻐어억.

"커헉!"

뼈가 으스러지는 둔탁한 괴음과 함께 그 도사 역시 허물어졌다.

이번에는 팔꿈치에 얻어맞았다. 턱이 홱 돌아갔다.

'어, 어떻게……?'

턱이 기괴하게 뒤틀려 쓰러지는 도사의 얼굴엔 강한 불신이 나타났다.

분명히 자신의 공격은 성공했다. 한데, 마지막 순간 율령의 몸이 흐릿해지면서 갑자기 사라졌다. 잔상이었지만 도사는 자신이 홀렸다고 느꼈다.

'이, 이건 사술이야……'

그 생각을 끝으로 도사의 의식이 끊겼다.

씨이익.

율령의 입꼬리가 비릿하게 말려 올라갔다.

"사술 좋아하네. 이거, 주술이야. 이 멍청이들아!"

분노한 청일이 율령을 향해 검을 쭉 뻗었다.

마치 마교나 배교의 술법사들을 대하듯 소리 높여 외쳤다.

"거짓말 하지 마라. 주술에 어찌 그런 검법과 보법이 있단 말이더냐? 네가 분명 우리가 알지 못하는 사이 사특한 수작을 부렸음이 분명하다."

처음에는 단순히 화산파의 명예를 위한 핑계로 상대를 방수로 몰았다. 하지만 이제는 달랐다. 눈앞의 어린놈은 정말로 그럴 능력이 있고도 남는 놈이었다.

청일이 사제들을 향해 부르짖었다.

"매화검진을 펴라! 저 악적을 기필코 잡아야만 한다!"

"예, 사형!"

청일까지 포함해 다섯 명밖에 남지 않았지만 매화검진, 아니 더 정확히 말해 소매화검진은 충분히 가능하다. 정식 매화검진은 다섯 명씩 한 조가 되어 다섯 방위를 점하지만 소매화검진은 각 방위에 한 명씩으로도 충분히 가능하니까.

처처척.

화산파 도사 다섯이 율령을 중앙에 두고 다섯 방위를 점했다.

위에서 내려다보면 오각형으로 보이리라.

"신칼대신무를 감히 사술로 폄훼해……? 역대 국무당님들께서 들으셨다면 네놈들은 아마 아무런 준비도 없이 작두 위에서 널을 뛰어야 했을걸?"

신칼대신무.

국무당들이 하늘에 제사를 올릴 때 신칼을 들고 추는 춤사위!

나라의 염원이란 무거움을 국무당의 그 작은 어깨에 홀로 짊어진 채 춤에 몰입하면 하늘은 그 정성이 가여워서라도 들어주신다고 전한다.

신칼대신무는 본디 그런 주술이었다.

지상의 모든 것을 대신해 하늘과 소통하기 위한…….

"……!"

소매화검진이 두렵지도 않은지 율령의 시선은 다시 한 번 동남쪽 하늘에 가 닿았다.

"소매화검진 출(出)!"

"하아아!"

"이야아!"

청일의 선창과 함께 소매화검진이 발동했다.

"……!"

율령의 얼굴이 일그러졌다.

소매화검진이 두려워서가 아니다. 동남쪽 하늘 아래 깃든 어둠보다 더 짙은 어둠, 원수의 흔적이 점점 더 옅어져 가고 있었기 때문이었다.

쌔애액.

날카로운 소리와 함께 세 자루의 검이 짓쳐 들었다.

시시싯.

두 자루의 검이 뒤따랐다.

소매화검진이지만 매화검진과 똑같은 순서다.

삼재에 이어 양의가 합쳐지며 상생이 된다. 그렇게 다섯 자루 검 끝이 모여 매화꽃을 만드는 것이다.

후우우웅.

다섯 방위에서 밀려든 검들이 매화꽃이 되어 율령을 덮

쳤다.

그 강렬한 검압에 율령의 옷이 태풍이라도 만난 듯 거칠게 나부꼈다.

2

"암영의 술!"

화륵.

언제 꺼내 들었는지 모를 부적 하나가 스스로 불타올랐다. 그 불이 꺼지기도 전에 율령은 부적을 집어삼켰다. 율령의 몸이 어둠 속에 스르르 녹아들었다.

패액. 패패팩.

다섯 자루의 검이 어둠 속 빈 공간만을 갈랐다.

"어헉!"

"이, 이럴 수가!"

"놈이 또 사술을 부렸다. 어서 놈을 찾아!"

청일은 혼비백산 놀라는 사제들을 독려했다. 두 눈을 부릅뜨고 율령의 위치를 찾아 헤맸다.

짙은 어둠 속 한 귀퉁이에서 율령의 분노한 목소리가 울려 퍼졌다.

"적아(敵我)도 구분 못 하는 이 멍청이들아!"

츄리리릿!

어둠 속에서 무엇인가가 나타나 사위를 휘감기 시작했다.

얇고 긴 것이다.

채찍인가? 아니다. 채찍치고는 너무나 길다.

소매화검진 전체를 수십 바퀴나 휘감을 정도니 아무리 못해도 수십 장은 됨 직하다.

그러니 더욱 괴이하다.

대체 이 정도 길이의 채찍을 누가 들고 다닐 수 있단 말인가?

게다가 제아무리 편(鞭)의 고수라 해도 이 정도 길이의 채찍은 다루지 못한다. 불가능하다. 하지만 이걸 채찍 말고 다른 그 무슨 말로 표현하랴?

"채, 채찍? 어, 어떻게 이럴 수가 있지?"

"사술! 사술이다! 놈이 또다시 사술을 부리고 있어!"

난생처음 보는 광경에 도사들 모두가 혼비백산 놀랐다.

어떻게 해야 할지 몰라 우왕좌왕했다.

그때 다시 한 번 율령의 목소리가 천둥처럼 울렸다.

"이건 네놈들이 자초한 벌이다."

촤아아!

그 말과 동시에 사위를 휘감고 있던 정체불명의 채찍이 도사들을 향해 일제히 쏟아져 내렸다.

"잘라 버렷!"

"이야아!"

"하아아!"

청일의 명령에 도사들은 일제히 검을 휘둘렀다.

쌔애액. 쉬가가각.

도사들의 검이 채찍을 매섭게 갈라갔다.

그때 놀라운 일이 또 벌어졌다.

정체불명의 채찍은 마치 살아 있기라도 한 듯 도사들의 검을 피했다. 그리고 팔을 휘감았다. 허리를 휘감았고 다리에 감겼다. 마지막으로 목을 돌돌 말아 콱 틀어쥐었다.

"으아아! 저리가!"

도사들이 미친 듯 검을 휘둘렀지만 너무나 놀란 나머지 그들의 검법은 제 위력을 발휘하지 못했다. 검은 마구잡이로 휘둘러졌고 정체불명의 채찍은 도사들을 하나씩 하나씩 포획했다.

"이 요사한 놈아. 내 사제들을 내놔! 으아아!"

사제들이 거미줄에 걸린 곤충처럼 하나씩 변해 가자 눈이 뒤집힌 청일이 필생의 공력을 담아 검을 휘둘렀다.

번쩍.

청일의 검 끝에서 시린 빛의 검기가 석 자도 넘게 뿜어져 나왔다.

검기상인의 마지막 단계다. 청일의 검기는 흐릿하지만 분명히 검의 형상을 갖추고 있었다.

그러나……

타앙. 타타탕.

청일의 검에 걸린 채찍은 잘리기는커녕 마치 범종이라도 되는 듯 간단히 검을 튕겨내 버렸다.

그리고……

츄리리릿!

그대로 밀려든 정체불명의 채찍은 청일마저 그대로 칭칭 감아 버렸다.

"우읍. 읍."

비명도 지르지 못한 채 청일이 버둥댔다. 목을 감긴 탓에 비명을 지르고 싶어도 지르지 못했다.

채찍이 엄청난 힘으로 조여들기 시작했다.

운남 깊은 곳에서만 산다는 일곱 장 길이의 비단 뱀이 온 몸을 칭칭 감고 조여 대는 듯 무지막지한 힘이었다.

"……!"

청일의 눈이 튀어나올 듯 부릅떠졌다.

아니, 실제로도 조금 튀어나왔다. 전신에 가해지는 엄청난 압력에 눈이 튀어나오지 않을 도리가 없었다.

우득. 와드득.

팔의 관절이 뒤틀렸다. 손목뼈가 힘없이 부러졌다.

뻐억.

다리뼈도 하나씩 사이좋게 부서졌다.

그 고통! 그 공포!

비명이라도 지를 수 있다면 좋으련만 비명도 지를 수 없으니 할 수 있는 것이라곤 벌벌 떠는 것밖에 남지 않았다.

"멍청한 새끼들!"

흐려져 가는 청일의 눈에 어둠 속에서 불쑥 솟아나오는 율령의 얼굴이 흐릿하게 보였다.

오싹!

어찌나 두려운지…… 전신에 소름이 오돌토돌 돋았다.

율령의 얼굴이 마귀처럼 보였다. 청일의 의식이 그대로 끊어졌다.

율령이 손을 살짝 털었다.

슈와악!

수십 장에 달하던 정체불명의 채찍이 율령의 손아귀로 빨려 들었다. 그 길던 채찍이 눈 깜박할 사이 서너 자 크기로 작아지며 형태를 갖춰 갔다.

그렇다. 그 채찍의 정체는 바로 율령의 허리에 걸려 있던 불진이었다. 불진의 이름은 한요. 한요에 심어져 있었던 머리카락이 그렇듯 길어졌던 것이다.

털썩. 털썩. 터얼썩.

팔과 다리 하나씩이 부러진 도사들이 힘없이 쓰러졌다.

율령은 그들을 쳐다보지도 않은 채 손바닥을 짝 소리 나게 마주쳤다. 검지 두 개가 배배 꼬이며 하나의 인(印)을 맺었다. 하늘로 쭉 뻗으며 외쳤다.

"귀마갑(鬼馬甲)의 술!"

율령의 양 허벅지 어림에서 희미한 빛이 돌았다.

작은 거북이 등껍질로 만들어진 주술 도구인데 안쪽엔 연원을 알 수 없는 형태의 부적이 그려져 있었고 겉에는 다섯 마리의 말 그림이 그려져 있었다.

"기다려라, 원수! 하아아!"

율령이 이글이글 타오르는 눈으로 발을 내디뎠다.

파아아앙!

엄청난 파공음 소리와 함께 율령의 신형은 동남쪽을 향해 쏘아진 화살처럼 사라져 버렸다.

* * *

딱. 딱. 딱. 또르르르.

심혼을 일깨우는 청량한 목탁 소리가 밤하늘에 울려 퍼지고 있다.

목탁 소리의 주인은 백미백염의 노승, 얼마나 오래 입었는지 가사는 누더기처럼 보였지만 노승의 전신에선 성스러운 기운이 물씬 풍겼다.

"나모라 다나다라 야야 나막알약 바로기제 새바라야 모지사다바야……."

노승의 입에선 신묘장구대다라니경이 끊임없이 이어졌다.

신묘장구대다라니!

관세음보살께서 인행(忍行)할 때에 천관왕정주여래님께 받은 이 신묘장구대다라니에는 '악세의 번뇌가 중한 일체의 중생들을 위하여 널리 큰 이익을 짓도록 하라.'는 천관왕정주여래님의 자비심이 담겨져 있어 크나 큰 대위신력을 발휘한다고 전한다.

그 대위신력이 얼마나 큰가 하면, 당시 초지보살이셨던 관세음보살께서 이 신묘장구대다라니를 외자 단숨에 팔지보살의 위(位)에 오르셨을 정도다.

노승의 독송은 끊임없이 이어졌다. 신묘장구대다라니경을 백팔 번이나 지송했다.

노승은 다시 자리에서 일어나 백팔 배를 올리기 시작했

다.

정성스레 두 손을 합장한 후 반배를 시작으로 공손하게 무릎을 꿇고 오체투지 한 후 모든 것을 바치듯 하늘로 두 손을 들어 올렸다.

그 모습이 어찌나 경건한지!

노승은 그렇듯 일 배, 일 배 정성스럽게 절을 하며 끊임없이 부처님과 지장보살님께 기원을 올렸다.

"이렇게 애원하나이다. 부처님, 지장보살님…… 이 부족한 노납의 정성을 받아들이시어 바라건대 이 땅에 드리워질 마(魔)의 그늘을 거둬 주소서……."

이 땅에 드리워질 마(魔)의 그늘이라니!

정녕 이 노승은 무엇인가 알고 있다는 말인가?

"제발, 제바알…… 이렇게 애원하나이다."

노승은 모든 정성을 다해 부처님과 지장보살님께 빌고 또 빌었다.

부처님은 말할 것도 없고 지장보살님은 육도에 몸을 나투어 천상에서 지옥까지 일체 모든 중생을 교화하여 해탈케 하겠다는 비장한 서원을 세운 대원대비(大願大悲)하신 분이시기에 노승은 애원하고 또 애원했다.

시간은 잘도 지나갔다.

어느덧 동이 틀 시간이 다가오고 있었다.

반면에 사위를 감싼 어둠은 더더욱 짙어졌다. 동이 트기 전의 어둠이 가장 짙기 때문이다.

백팔 배를 마친 노승은 지치지도 않는지 다시금 신묘장 구대다라니를 독송하기 시작했다.

딱. 딱. 딱. 또르르.

청량한 목탁 소리와 함께 신묘장구대다라니경의 독경 소리가 밤하늘 저 멀리 울려 퍼져 나갔다.

그때였다.

따악!

놀랍게도 목탁이 부러져 버렸다.

흉사(凶事)!

"……!"

노승이 파르르 떨리는 눈을 들어 하늘을 바라봤다.

모래알 같은 별들로 가득한 하늘은 여전히 아름다웠다.

그러나 노승의 얼굴은 점점 더 어두워졌다. 타인들이 보지 못하는 것을 볼 줄 알기 때문이다.

"마(魔)의 힘이 점점 더 커진다."

아름답기만 한 밤하늘이었지만 노승의 눈엔 똑똑히 보였다.

북쪽 하늘 저편에 자리 잡은 거대한 마의 기운이…….

"십 년의 적공도 모자랐단 말인가?"

노승의 얼굴엔 허탈함과 실망이 가득했다.

이 땅에 환난이 도래할 것이라는 천기(天氣)를 엿본 지 어언 십 년, 노승은 그 날로부터 지금까지 저 거대한 마(魔)의 힘이 창궐하지 못하도록 빌고 또 빌었다.

하나, 모든 것이 허사였다.

마(魔)의 힘은 조금도 위축됨 없이 힘을 키웠다.

남쪽 하늘에 시커먼 묵운(墨雲)을 보란 듯이 만들었다.

그러더니 수년 후엔 동북방에 또 하나의 묵운을 만들어 내었다.

그리고 오늘, 작지만 확실한 묵운 하나가 또 늘었다.

오늘 생긴 것은 별것 아니지만 먼저의 두 묵운은 하나같이 전성기 시절 자신의 힘으로도 감당하기 어려운 기운들이다.

세상에 도래할 환난은 필연이 되리라. 갈수록 세력을 불려가는 마(魔)의 힘을 더 이상 막을 방법이 없다.

그때였다.

하늘 한가운데서 홀로 어둠을 감당하던 별 하나가 돌연 가물가물해지기 시작했다. 금방이라도 꺼져 사그라질 듯했다.

파르르.

불성(佛聖)의 눈초리가 격렬하게 떨렸다. 보는 순간 그

뜻을 직감했다.

"세존이시여……!"

불성의 입에서 격한 탄식이 새어 나왔다.

머지않아 다가올 환난을 맞이할 세상이 불쌍해 가슴이 미어졌다.

"아무것도 하지 못했거늘, 어찌하여 노납을 벌써 데려가려 하시나이까?"

그렇다. 금방이라도 사라질 듯한 별은 바로 자신이었다.

올해로 아흔 다섯의 나이, 지금 당장 스러져도 하등 불만 없는 나이였지만 불성은 자신마저 사라진 세상에서 고통받을 사람들을 생각하니 가슴이 너무 아렸다.

그때!

버언쩍!

"아니야! 아직 한 가지가 남았어!"

노승의 눈이 결연한 빛을 띠었다.

불자로서 이 세상을 위해 할 수 있는 마지막 방법 하나가 떠오른 것이다.

"어차피 스러질 목숨, 조금 더 살아 무엇 하겠는가? 나 불성은 세상을 위해, 민초들을 위해 지금 당장 목숨을 내어 놓겠다. 마(魔)의 창궐을 기필코 막고야 말겠다."

불성!

이 노승이 정녕 소림의 전대 장문인인 불성 대사란 말인가?

불성은 이미 오래전부터 살아 있는 활불로 통했다.

'활불이 건재하매 세상이 평화롭네.' 라는 말이 있을 정도다.

물론 송나라가 돈을 주고 평화를 산 덕도 크다. 하지만 불성의 하늘 같은 무공은 그런 점을 상쇄하고도 남았다.

이십오 년 전의 일이다.

서장의 소뢰음사가 힘을 키워 무림을 종횡한 사건이 있었다.

아무도 소뢰음사의 발걸음을 막지 못했다.

수많은 중소 문파가 불에 탔으며 무당, 공동, 점창, 종남산에 터를 잡고 수행하던 많은 기인이사가 나섰지만 모두 쓰러졌다.

그때 소림의 산문이 열리고 불성 대사가 나섰다.

불성 대사는 많은 피를 흘리는 대신 모든 것을 건 한 판의 승부를 제안했고 소뢰음사의 주지인 혈라마와 대결했다.

모두가 박빙이라 생각했던 승부!

놀랍게도 불성은 불과 삼백여 초 만에 혈라마를 패퇴시켰다.

그런 불성이 단호히 말한다. 목숨을 바치겠다고.

그 방법이 대체 무엇일까?

불성의 입이 무겁게 열렸다.

"소신공양(燒身供養)! 부처님께 내 모든 것을 바치리라!"

소신공양.

자신의 몸을 불사르는 승려의 마지막 비원(悲願).

불성은 마(魔)의 창궐을 막기 위해 남아 있는 자신의 목숨을 초개처럼 버리기로 마음먹었다.

3

그때였다.

불성의 뒤에서 격렬한 목소리가 들려왔다.

"불가합니다."

도대체 언제부터 이곳에 와 있었는가?

중후한 인상의 승려 하나가 불성의 뒤에 서 있었다.

"장문방장께서 어인 걸음이시오."

불성의 입가에 희미한 미소가 걸렸다.

장문방장.

그렇다. 불성의 뒤에 시립한 채 불가를 외치는 승려가 바로 소림의 당대 장문방장이자 불성 대사의 막내 사제인 불영(佛影) 대사였다.

불영 대사가 다시 한 번 고개를 흔들었다.

"소신공양은 안 됩니다. 그것만큼은 허락할 수 없습니다."

불영 대사의 표정은 확고했다.

불성은 불영 대사에게 너무 특별한 존재였기 때문이었다.

너무 늦게 직전제자로 입문한 탓에 불영은 사부 대신 사형인 불성에게 무공과 불법을 사사했다. 그러니까 불영에겐 불성이 사형이자 곧 사부였던 셈이다.

그러니 어찌 소신공양을 허락할 것인가?

지난 십여 년 동안 풍진노숙하며 적공 드리는 모습을 보는 것만으로도 가슴이 아팠거늘 소신공양이라니! 그 모습만큼은 절대 볼 수 없었다.

"허허허!"

불성이 자애롭게 웃으며 불영 대사를 바라보았다.

그 시선에 가득한 자비심과 사랑을 어찌 느끼지 못할까?

그러나 불영 대사의 고개는 절대로 허락할 수 없다는 듯 천천히 그리고 무겁게 가로저어졌다.

"사제……."

"듣기 싫습니다."

"허허허…… 해야만 하네."

"불가합니다."

어림도 없다는 듯 불영 대사는 품에서 녹색 옥으로 만들어진 주장자를 꺼내 들었다. 불영 대사의 눈에 단호한 빛이 돌았다. 엄숙한 목소리로 입을 열었다.

"녹옥불장의 권위를 빌어 사형에게 명합니다. 소신공양은 절대로 허락할 수 없습니다."

녹옥불장.

소림사에서 대대로 장문방장에게 전해 내려오는 무상 신물.

소림의 제자라면 그 누구라 해도 이 녹옥불장의 권위를 거부할 수 없다고 한다. 만에 하나 그 권위를 거부한다면 그 사람은 더 이상 소림의 제자가 아니라고 하니 누구보다도 더 그 사실을 잘 알고 있을 불성 역시 자신의 말을 따를 것이라 불영은 믿어 의심치 않았다.

그러나……

"녹옥불장의 권위가 아무리 높다 하나 그 역시 인세의 것……."

불성의 고개는 천천히 가로저어졌다.

"소신공양의 길은 억조창생을 위한 부처님의 뜻을 따르

려 함이라네, 사제."

"……!"

불영 대사의 고개가 떨구어졌다.

불성의 말이 주는 참뜻을 누구보다 더 잘 알고 있기 때문
이었다.

제아무리 녹옥불장의 권위가 높다고는 하나 부처님의 뜻
을 따르려는 사람을 강제로 제어할 수는 없었다.

불영 대사가 발작적으로 고개를 들었다. 불성을 향해 고
함을 버럭 질렀다.

"소림은 강합니다. 머지않아 창궐할 마(魔)의 세력이 얼
마나 강할지는 몰라도 소림은 충분히 준비해 왔습니다. 능
히 감당할 수 있단 말입니다."

아, 소림이여!

지난 십여 년 동안 율령이 걱정하던 일을 위해 힘을 비축
해 왔단 말인가? 그렇다면 불영 대사가 저토록 자신할 법
도 하다. 소림이 작정하고 힘을 키운 이상 마교가 다시 창
궐한다 해도 충분히 자웅을 결할 수 있으리라.

불영 대사는 계속해서 불성을 설득했다.

"그뿐만이 아닙니다. 사형의 숭고한 의지를 존중해 아미
역시 그만한 대비를 해 왔으며 개방은 천하를 모두 뒤져 마
(魔)의 실체를 찾으려 동분서주하고 있습니다. 그러니 제발

소신공양만큼은 그만둬 주세요, 사형."

불영 대사가 그토록 열변을 토했건만 불성의 고개는 부드럽게 가로저어지기만 했다.

"세존께서 노납을 찾으시네."

"……!"

불영 대사의 몸이 흠칫 떨렸다. 믿을 수 없다는 듯 부릅떠진 눈으로 불성을 바라보았다. 불성 대사가 희미하게 미소 지으며 고개를 끄덕였다.

"백 일이나 남았을까?"

"사, 사형!"

담담한 불성의 목소리에 불영 대사의 목소리가 마구 떨렸다.

"호들갑 떨 것 없네. 내 나이 벌써 아흔다섯, 이만하면 오래 산 셈이지……. 그래서 흔쾌히 결정했네. 그깟 백 일 더 살아 무엇 하겠는가? 노납은 그 백 일을 부처님 전(殿)에 바쳐 세상을 구할 마지막 비원을 드려보려 하네. 그러니 더는 막지 말아 주시게."

불성의 초탈한 시선이 하늘로 향했다.

털썩!

"사형……!"

불영 대사의 무릎이 힘없이 꺾였다.

사형이자 사부인 불성의 목숨이 백 일 정도밖에 남지 않았다는 것만으로도 가슴이 미어지는데 소신공양까지 한다니 가슴이 터져 버릴 듯했다.

그때였다.

"어엇! 저, 저 별은……?"

하늘로 시선을 돌렸던 불성의 입에서 경악성이 튀어나왔다.

도대체 무엇을 보았기에 불성이 저리 놀라는 것일까?

불영 대사의 시선 역시 하늘로 향했다.

"……?"

그러나 불영 대사의 눈에는 아무것도 보이지 않았다.

밤하늘은 여전히 모래알 같은 별들로 반짝이고 있었다.

하지만 불성의 눈엔 너무나도 확연히 보였다.

동쪽 하늘에서 서광이 비치는가 싶더니 그 빛을 가득히 받은 별 하나가 이내 북쪽 하늘 위에 홀연히 떠올라 밝은 빛을 뿜어내기 시작했다.

"자, 자미성…… 자미성이 출현하다니!"

주륵.

볼품없이 비쩍 마른 불성의 볼을 타고 뜨거운 눈물이 흘러내렸다.

"오오! 석가세존이시여…… 감사하나이다."

보라! 달라지기 시작한 천기를!

자미성이 빛나기 시작하자마자 북쪽 하늘을 둘러싸고 있던 암운이 진저리를 치듯 물러나기 시작한다.

물론 하늘 전체를 뒤덮다시피 한 마(魔)의 기운은 아직도 막강하다. 하지만 자미성이 빛을 발하기 시작한 이상 달라지리라. 아니, 그렇게 되도록 만들고야 말리라.

불성 대사가 단호한 어조로 입을 열었다.

"장문인. 일명을 내게 보내 주시오."

불영 대사의 고개가 갸웃하고 기울어졌다.

"일명은 사형께 사사한 절기를 수습하기 위해 달마동에서 폐관 수련 중에 있습니다. 어찌하여 지금 그 아이를 찾으십니까?"

순간 불영 대사의 뇌리에 자미성이란 단어가 스쳐 지났다. 불영의 얼굴에 막연한 기대감이 피어올랐다.

"혹, 그 아이가 자미성의 주인인 것입니까? 그런 것입니까, 사형?"

그런 기대를 할 법도 하다.

일명은 자신의 제자였지만 천하를 위해, 또한 소림을 위해 눈앞의 사형에게 칠 년 동안이나 사사했다. 그 후 배운 것을 수습하고 사형조차 얻지 못한 달마 조사의 비전을 얻기 위해 삼 년째 달마동에서 폐관하고 있었으니까.

하지만 불성의 고개는 가로저어졌다.

"아니네. 서기가 동쪽 하늘 저 멀리에서 비춰 온 것으로 보아 자미성의 주인은 이 땅의 인물이 아닐 것이네."

불영의 얼굴은 실망하는 빛이 역력했다.

"예에? 하면 일명은 어찌하여 부르시는 것입니까?"

자미성의 주인도 아니라며 부르는 이유가 너무 궁금했다.

그것도 자신이 특별히 절기까지 전수하고 달마조사의 유진을 얻기 위해 절치부심하고 있을 폐관 수련까지 깨뜨리면서 말이다.

"자미성을 돕기 위해서라네."

"이해가 가질 않습니다. 자미성을 돕기 위해서라면 일명이 그대로 대공을 이루도록 그냥 둬야 하질 않습니까?"

달마동은 쉬이 열리는 곳이 아니다.

그곳에 들 만한 자질을 지닌 인물도 쉬이 나타나지 않거니와 불가에서 너무 무공에만 치우쳐서는 안 된다는 선대 조사들의 유훈 때문이었다.

그래서 더더욱 일명의 폐관을 중단시키기 아쉬웠다.

쉬이 열리기 어려운 곳인 만큼 달마동에서 대공을 이루고 나온 승려들은 하나같이 무림에 지대한 영향을 끼치는 큰 인물이 되었기 때문이다.

눈앞의 불성이 가장 좋은 예다.

불성 역시 달마동의 폐관 수련을 거쳤기에 이십오 년 전 혈마라를 불과 삼백여 초 만에 패퇴시킬 수 있는 무공을 얻지 않았던가? 비록 달마조사의 유진을 전부 얻지는 못했지만 말이다.

불영 대사의 목소리에는 달마동에 대한, 그리고 그곳에서 삼 년째 폐관 수련하고 있을 자신의 애제자 일명에 대한 자부심이 철철 넘쳐흘렀다.

"……!"

불성이 불영 대사를 물끄러미 바라보았다.

불영 대사의 얼굴 가득한 자부심이 무엇을 뜻하는지 너무나도 잘 알고 있었기 때문이다. 불성 대사가 불쑥 입을 열었다.

"사제. 소림은 본디 절이네."

"……!"

소림은 본디 절이다!

그것은 일종이 선언이자 자신에게 전하는 일갈이었다.

소림은 소림일 뿐 무력을 추앙하는 무림의 방파가 아니라는 뜻!

불영 대사의 얼굴이 흠칫 굳었다.

"그리고 우리의 본분은 본디 중이네."

"……!"

담담히 이어지는 불성의 말에 불영은 아무런 대답도 하지 못했다.

"절간의 중이 그토록 무력을 탐해야만 할 필요가 있겠는가?"

"……!"

유구무언도 이런 유구무언이 없다.

입에서는 당장 '그래도.'라는 말이 튀어나올 듯 입술이 달싹여졌지만 불성의 한마디 한마디에 가슴 깊은 곳에서는 무엇인가가 와르르 무너져 내렸다.

"두고 보면 아네. 다가올 일은 무력만으로는 당해 내지 못해. 그래서 일명을 불러 달라 했네. 자미성을 돕기 위해서는…… 아니, 중생들을 위해서는 무력이 아닌 불심이 필요하니까. 내 남은 시간 동안 일명에게 부처님의 말씀을 새기려 하네."

"……!"

가만히 듣고 있던 불영 대사의 고개가 천천히 끄덕여졌다.

자신의 뒤를 이어 소림의 차기 장문인이 되어야 할 일명이 자미성의 주인이 아니라는 실망과 아직 기간을 다 채우지는 못했어도 불성의 절기를 모두 소화한 후 달마조사의 유진을 터득하기 위해 삼 년 동안이나 고련해 온 일명이 고작 조연 역할밖에 못 한다는 질투심이 모두 해소되진 않았지만, 가슴 깊은 곳에서는 사형이자 사부인 불성의 깊은 뜻이 고스란히 이해되었다.

"알겠습니다, 사형."

불영의 표정 변화를 주의 깊게 살펴보고 있던 불성의 얼굴에 웃음꽃이 활짝 피었다.

"고맙구나, 보우야."

보우는 불영 대사의 아명(兒名)이었다.

그 목소리에 담긴 자애함이란!

불영 대사는 채 해소되지 못했던 실망과 질투심이 눈 녹듯 사라지는 것을 느낄 수 있었다. 그리고 자신이 무엇을 놓치고 있었는지 확연히 깨달아졌다. 무공 경지는 그대로였지만 정신만큼은 저 높은 곳을 향해 훨훨 나래짓을 시작한 느낌이다.

갑자기 가슴이 후련해졌다.

씨이익.

불영 대사의 얼굴에도 웃음꽃이 활짝 피어났다.

불영 대사는 자신의 사형이자 사부인 불성을 향해 지극히 정중한 태도로 반장의 예(禮)를 올렸다.

"나무관세음보살."

불성 역시 정중한 태도로 불영을 향해 반장의 예를 취했
다.

"나무아미타불 관세음보살."

第四章

서안에서

1

끝이 어디인지 모를 깊고 깊은 동굴이 있다.

입구에서 십여 리쯤 안으로 들어가면 단단하기 짝이 없는 현무암으로 이뤄진 암벽이 나온다.

"크으으."

암벽에서 원통한 신음 소리가 흘러 나왔다.

그럴 법도 했다. 신음 소리의 주인은 철저히 금제되어 있었으니까.

단전은 파괴되었으며 양어깨, 척추, 팔, 다리에는 한철로 만들어진 쇠사슬이 박혀 암벽에 고정되어 있었다.

어디 그뿐인가?

전신의 근육 역시 안에서부터 잘게 짓이겨져 있다.

뼈에 박힌 쇠사슬들은 신경을 끊고 부수고 틀어막았다.

그러니 어찌 힘을 쓸 수가 있을까?

저런 상태로 아직까지 살아 있다는 것 자체가 놀라울 뿐이다.

대체 누구일까?

대체 누구이기에 저런 처참한 모습으로 금제당해 있는 것일까?

머리는 산발을 하고 있었고 얼굴은 눈물과 땀과 피가 범벅이 된 지 너무 오래되어 도무지 누구인지는 알 수 없으나 노인이라는 것만은 분명했다.

"크으으."

노인의 입에선 계속해서 고통스런 신음이 흘러 나왔다.

신음 소리만 듣자면 노인은 금방이라도 눈을 감을 듯했다. 하지만 노인의 눈빛은 결코 이대로 죽을 수 없다는 의지로 가득했다. 하늘이 자신에게 기회를 주리라 믿어 의심치 않았다.

그때였다.

"여전하군."

어둠 속에서 묵직한 목소리 하나가 들려왔다.

동시에 빛이 생겨났다. 목소리의 주인이 화섭자로 촛불을 밝힌 것이다. 복면을 뒤집어쓴 의문의 사내 모습이 보였다. 복면을 뒤집어썼으나 새하얀 도복의 소매 끝에 수놓인 매화로 보아 복면인은 화산파 사람이었다.

노인의 눈이 원독 어린 빛으로 바뀌었다.

눈 모양새와 목소리만으로도 상대가 누군지 알 수 있었기 때문이었다.

그놈이다. 자신을 이렇게 만든 바로 그놈이었다.

"네, 네 이놈!"

노인은 고통도 잊은 채 고함을 버럭 질렀다.

그러나 기력이 너무 떨어졌는지 고함은 미약하기만 했다.

복면인은 피식 웃었다.

"대단해. 아직도 고함을 칠 기력이 남아 있다니 말이야."

"네놈의 악행이 끝날 날이 멀지 않았다. 천망회회소이불실의 뜻을 곧 알게 되리라."

"천망회회소이불실은 개뿔……. 그분께서 이 땅에 계신다는 사실 하나만으로도 그 소린 벌써 헛소리에 불과하다는 걸 모르겠나?"

"……!"

"우리 차례야, 이 멍청아."

"……!"

노인은 대꾸를 하지 못했다.

아니, 대꾸할 말이 턱밑까지 차올랐으나 차마 말을 하진 못했다. 그분이 이 땅에 계신다는 복면인의 말 때문이었다. 자신을 이렇게 만든 그 괴물, 그 괴물만 생각하면 지금까지의 모든 믿음이 부질없어졌다.

"그건 그렇고…… 또 시작해 볼까?"

휘익. 털썩.

노인의 앞으로 뭔가가 떨어졌다.

놀랍게도 그것은 물건이 아니라 사람이다.

그것도 이제 갓 스물이나 되었음 직한 여인이었다.

복면인은 이 여인을 대체 왜 데려온 것일까?

"이 천벌을 받을 놈."

노인이 이를 북북 갈았다. 복면인은 그런 노인을 향해 오히려 즐겁다는 듯 환하게 웃어 보였다.

"천벌은 네가 받아야지. 이 여인이 받을 고통은 모두 네 놈이 입을 열지 않았기 때문이니까 말이야. 안 그래?"

복면인이 손을 살짝 흔들었다.

정신을 잃은 듯한 여인의 옷이 날카로운 것에 베인 듯 갈기갈기 찢어졌다. 복면인이 너덜거리는 여인의 옷을 말끔히 제거했다. 여인이 태초의 모습이 되었다.

복면인이 노인을 바라보았다.

"오늘도 역시 입을 열 생각이 없나?"

"……!"

"크크큭. 정말 대단해. 이만 하면 입을 열 법도 한데 말이야."

복면인은 노인에게 진심으로 감탄했다.

노인의 정신력은 그분께서도 제압하지 못할 만큼 강했다.

과연 화산파의 도맥을 고스란히 이은 사람답다.

백여덟 가지 고문을 가해 보기도 했다. 하지만 그 역시 실패였다.

그래서 마지막으로 택한 것이 바로 노인의 양심을 건드리는 방법이었다. 노인과는 아무런 연관이 없는 사람들이었지만 모든 탓을 노인에게 돌리고 눈앞에서 죽였다.

때로는 화산파의 제자들을 잡아와 죽이기도 했었다.

하지만 그때에도 노인은 입을 열지 않았다.

피눈물을 흘리며 전신을 부들부들 떨며 버텼다.

그러니 이렇게 감탄하는 것이다.

"명심해. 지금부터 이 아이가 당할 모든 고통은 죄다 네

탓이야. 네가 그 잘난 자하신공의 구결과 자하검법의 구결을 넘겨주지 않았기 때문이야. 알겠어?"

자하신공과 자하검법.

대대로 화산파의 장문인들에게만 전해 내려오는 그 초절한 무공을 알고 있다는 노인의 정체는 무엇일까? 정말 괴이한 일이다.

피잉.

복면인의 손가락이 가볍게 튕겨졌다.

제압된 혈도가 풀렸는지 여인이 화들짝 놀라 깨어났다.

"꺄악!"

깨어난 여인은 알 수 없는 공간에 끌려와 벌거숭이가 되어 있다는 사실을 깨닫고 이내 목청 높여 비명을 질렀다. 두 손으로 가슴과 하복부를 가리느라 정신이 없었다.

"쉬이!"

"끄읍."

복면인이 손을 내밀어 여인의 목줄을 콱 들어 쥐었다.

그런 후 강제로 고개를 돌려 금제당해 있는 노인을 바라보게 했다.

목줄을 틀어 쥔 손에서 느껴지는 막강한 힘에 여인은 그저 부들부들 떨 뿐 아무런 반항도 하지 못했다.

"저 노인 보이지?"

"……!"

"살려 달라고 해 봐."

말과 동시에 복면인은 여인의 목을 살짝 풀어 주었다.

여인이 울먹이는 목소리로 애원했다.

"사, 살려 주세요."

"그래. 잘 하고 있어. 어서 더 해 봐. 저 노인이 내가 원하는 것만 말하면 넌 살 수 있어. 어서."

살 수 있다는 말에 여인의 목소리가 더욱 절박해졌다.

"살려 주세요. 제발 살려 주세요. 할아버지."

"……!"

노인은 눈을 질끈 감아 버렸다.

아드득.

참을 수 없는 분노에 그저 이를 갈고 몸을 떨 뿐이다.

"할아버지, 제발요. 제바알— 저 좀 살려 주세요."

노인의 눈이 번쩍 떠졌다.

복면인을 향해 온갖 저주와 악담을 퍼부었다.

"이 악귀 같은 놈! 언제고 네놈은 천벌을 받을 것이다. 하늘의 그물은 성글어 네놈 같은 악의 종자들이 마음대로 활보하는 것 같지만 결코 빠져나갈 수 없단 말이다."

복면인은 피식 웃으며 검을 뽑아 들었다. 슬쩍 팔을 휘둘렀다.

여인의 하얀 가슴에 실금이 쫙 나는가 싶더니 이내 붉은 핏물이 망울망울 흘러내리기 시작했다.

"꺄아아악! 사, 살려 주세요. 할아버지, 제발. 제바알!"

혼비백산한 여인의 목소리가 찢어질 듯 커졌다.

피를 보자 이성을 잃고 노인에게 매달렸다.

"저 좀 살려 주세요, 할아버지. 제발요. 어서 저분께 원하는 것을 말해 주세요. 제바알!"

"우아아!"

여인의 애원에 노인은 거친 비명을 질렀다.

움직이지 않는 몸이라도 움직여 공격하고 싶은 듯 팔과 다리를 움찔거렸다. 하지만 망가진 지 이미 오래인 몸은 마음대로 움직여 주지 않았다.

주르륵.

노인의 눈을 타고 말라붙은 줄 알았던 뜨거운 눈물이 계속해서 흘러내렸다. 노인이 흐느끼듯 외쳤다.

"제발, 제발 그만둬!"

피쉿.

여인의 허벅지가 쩍 갈라지며 핏물이 샘솟았다.

휘릭.

이번엔 여인의 복부에 붉은 선이 그려졌다.

검을 휘두르는 복면인의 눈은 재미있다는 듯 점점 더 반

달 모양으로 변해 갔다. 하긴, 복면인에겐 이 일이 일거양득인 셈이다. 이렇게라도 피를 보지 않는다면 이 지겨운 화산파에서 어떻게 버틸 수 있겠는가?

"꺄아악. 꺄아아아악!"

실성해 버린 듯 여인은 목청이 터져라 비명만 질렀다.

온몸의 근육과 경맥이 잘려 나가 움직일 수도 없었다. 그저 자신이 흘린 피에 젖어 꿈틀거리는 것이 다였다.

그 모습을 보니 복면인의 눈에 가득했던 흥성이 어느 정도 가라앉았다. 노인을 향해 복면인이 소리쳤다.

"어서 내놔! 자하신공과 자하검법!"

"우아아아! 이 악마 같은 놈아!"

"악마? 웃기는군. 악마는 바로 네놈이야. 네놈이 고집을 피워서 사람들이 계속해서 죽는 거야. 잘 알 텐데?"

"그 괴물과 네놈의 힘이라면 굳이 필요 없는 무공이지 않느냐, 이 악독한 놈아!"

"필요 없는 무공 아니냐고? 때가 되었다면 당연히 네 말이 맞지. 한데, 아직 때가 안 되었어. 이 땅의 도문이나 불문 모두를 변질시켜 놓게 되면, 그리고 그분의 뜻대로 세상이 혼돈에 휩싸여 미쳐 돌아가면……. 그때가 된다면야 당연히 자하신공이나 자하검법 따위가 필요 없게 되지. 내 힘을 마음대로 사용해도 되니까. 하지만 그때까지는 그 무공이 필요해. 그러니 어서 불어. 저 계집을 살려 주고 싶다면 어서 불란 말이야."

"……!"

노인은 대답 대신 이빨을 악물고 도리질을 쳤다.

마음 같아서야 백 번이고 천 번이고 원하는 것을 주고 끝내 버린 후 편히 죽고 싶었으나 그럴 수 없었다.

자하신공과 자하검법이 화산파만의 보물이기 때문이 아니다.

그 두 가지를 가지고 그 괴물과 이 악적이 저지를 일이 훨씬 더 우려스럽기 때문이었다. 아니, 더 정확히는 이들이 말하는 그때를 조금이라도 더 늦추기를 바라는 마음에서였다.

혀를 깨물고 죽을 수도 없었다.

최후의 최후까지 포기하지 않고 어떻게든 이 무서운 사실을 외부에 알려야 한다고 생각했기 때문이다.

"으아아아! 이 나쁜 놈아! 으허엉! 천벌을 받을 것이다, 이 나쁜 놈아."

노인은 그만 목 놓아 울고 말았다.

"……!"

복면인의 눈이 싸늘해졌다.

오늘도 자신이 졌음을 직감한 것이다. 노인의 눈앞에서

아무리 여인을 괴롭혀도 끝내 입을 열지 않으리라.

복면인은 너무 많은 피를 흘려 이미 정신을 잃은 여인을 발로 툭 찼다. 아무 죄 없이 희생당한 여인이 암벽 저편에 자리한 끝을 모르는 낭떠러지로 떨어졌다. 십여 년 전부터 수백여 명을 받아들인 낭떠러지는 얼마나 깊은지 한참이 지나도 여인이 뭔가에 부딪치는 소리가 들려오지 않았다.

콱!

복면인이 노인의 턱을 움켜쥐었다.

그리고 품속에서 계란만 한 벽곡단 두 알을 꺼내 노인의 입에 강제로 밀어 넣었다. 앞으로도 계속해서 고문하려면 노인을 살려 둬야 하니까 최소한의 조치를 취하는 것이다. 최상급 벽곡단 두 알이면 사나흘은 거뜬히 버티리라.

"우읍. 우으읍. 꿀꺽!"

"며칠 후 다시 오도록 하지."

"……!"

"그때는 오랜만에 화산파 제자를 한 놈 끌고 오겠다."

"아, 안 돼!"

"크크큭. 어디 그때도 버티는지 두고 보마."

촛불이 꺼졌다. 노인은 다시 어둠 속에 홀로 갇혔다.

"으아아!"

노인의 절규가 어둠을 뚫고 멀리멀리 퍼졌다.

2

"아, 짜증 나."

율령은 머리칼을 움켜쥐며 아쉬워했다.

섬서로의 황도인 서안, 원수는 분명 이곳에 있었다.

하늘에서 꿈틀거리던 원수의 흔적은 출발한 지 오래지 않아 사라져 버렸지만 그 방향과 일직선상에 놓여 있던 곳인 이곳 서안에 도착하고 보니 확실히 알 수 있었다.

원수는 분명히 이곳에 왔었다.

아득.

"그 멍청한 도사 놈들이 발목만 잡지 않았어도 최소한 원수의 얼굴을 확인할 수 있었는데……."

근래 들어 보기 드문 기회였다.

원수의 흔적이 그렇듯 강렬하게 나타났던 것은 정말로 예외적인 일이었으니까.

"이미 늦었어. 벌써 사라졌다고!"

원수의 본질은 인간이 아니다.

인간의 탈을 쓰고…… 아니, 인간의 몸속에 스며들어 있다고 표현해야 더 정확하겠다. 하여튼 율령은 원수의 현재 모습이나 이 땅에서의 위치를 모른다.

그래서 더 안타깝고 약이 오른다.

조금만 더 빨랐다면, 조금만 더 빨리 올 수 있었다면 원수가 이곳의 누군지도 알 수 있었고 어쩌면 더 끌 것도 없이 사생결단을 낼 수도 있었으리라.

물론 이긴다고 장담은 하지 못한다.

아니, 더 솔직히 말해 패배할 확률이 훨씬 높으리라.

그러나 확실한 것은 시간이 지날수록 원수의 힘은 점점 더 강해져만 갈 것이라는 것이다. 원수와의 승부는 빠를수록 좋다.

"그나저나 도대체 왜 이곳엘 왔던 것이지? 대체 무슨 수작을 부린 거야?"

율령은 인상을 찌푸리며 숨을 들이켰다.

원수가 이곳을 뜬 지 그리 오래 되지 않았는지 그 체취가 확연하다. 물론 일반인은 절대 맡을 수도 이해할 수도 없는 냄새다. 하지만 율령은 확실히 느낄 수 있다. 그날, 어머님이 비통하게 가신 바로 그날, 그놈이 나타날 때 풍겼던 냄새니까.

"이쪽인가? 아니면 이쪽?"

율령은 원수의 냄새를 찾아 이리저리 몸을 돌렸다.

"킁킁. 확실해. 이쪽이야. 이쪽이 가장 진해."

율령이 한 곳을 향해 우뚝 멈췄다. 시전을 가로질러 가는 큰길이다. 그 길 끝에 전운사가 위풍당당하게 서 있었다.

"……!"

율령의 눈이 흥미롭다는 듯 반짝였다.

*　　　*　　　*

주관장사 여문량의 하루는 여느 날과 같았다.

전운사에 출근한 후 집무실에 앉자마자 우롱차 한 잔을 마셨으며 이내 책상에 가득 쌓인 서류들을 훑어보았다. 며칠 전 밤에 계단에서 굴러 팔이 부러진 탓에 부목을 대었지만 남은 한 손으로도 업무는 충분히 볼 수 있었다.

서류는 상당히 많았다. 섬서로의 각 지역에서 올라온 보고서들로 대부분 차(茶), 소금, 술, 백반 등 일용 필수품의 국가 전매수입에 관한 월말 결산이었다.

"흐음. 이번 달은 영 신통치 않은데? 국경 쪽이야 어쩔 수 없다지만 나머지 현이나 읍들의 상황이 너무 변변찮아."

변변치 않다고는 하지만 모두 합하면 황금으로 따져도 벌써 수십 관이나 되는 막대한 액수다. 하지만 황도인 개봉에 세금을 올리고 나면 남는 것이라곤 겨우 섬서로의 관리들 녹봉이나 갈음할 정도다. 이래서야 무슨 재미가 있나?

"안 되겠어. 더 쥐어짜야지."

여문량은 냉큼 붓을 쥐곤 날아갈 듯 수십 장의 문서를 작성했다.

전매수입이 변변찮은 곳으로 갈 일종의 독촉장으로, 이 문서를 받은 곳의 관리는 아마 바짝 긴장해서 황금을 걷어들일 것이다. 상인을 쥐어짜든 백성들의 고혈을 빨든 무슨 수를 써서든 전운사로 상납할 액수를 높이리라. 그래야만 자신들이 출세할 가능성도 덩달아 높아질 테니까.

그때였다.

"적서(赤書)가 도착했습니다."

"……!"

갑자기 밖에서 수하의 목소리가 들렸다. 여문량의 눈빛이 변했다.

적서는 보통 국경선과 맞닿아 있는 군문이나 관청에서 기밀을 요하는 문건을 보낼 때나 사용하는 것이기 때문이다.

여문량은 하던 일을 모두 미루고 적서부터 살폈다.

적서의 내용은 간단했다.

　　—명월 보름. 진시 말. 관제묘.

밑도 끝도 없는 문장이었지만 여문량은 단숨에 발신인이 누구인지 알아챘다. 오고 가는 문서들로 넘쳐나는 자리였지만 저런 식의 시간, 장소 알림은 오직 그곳뿐이었으니까.

여문량은 그 즉시 두 장의 문서를 써 내려갔다.

한 장은 적서의 답신이었고 또 다른 한 장은 화음현의 지주 곡운성에게로 가는 서신이었다.

—적 난입 예상. 전과 같은 곳이나 숫자와 수준
은 대폭 늘어날 것으로 보임. 함정 준비 바람.

곡운성에게 가는 적서는 훨씬 더 길었다.

—명월 보름. 진시 말. 관제묘.
어디 이번에도 한 번 막아 보시게. 도사 나부랭
이들의 힘을 등에 업었다지만, 나를 통하지 않고는
결코 큰돈을 만질 수 없다는 것을 알게 될 것이네.
중앙으로의 진출? 글쎄, 잔돈 푼 좀 있다고 그게 어
디 마음대로 될까?

씨익.

여문량의 입꼬리가 보기 좋게 말려 올라갔다.

이번에도 그분의 뜻대로 될 것임을 믿어 의심치 않았다.

여문량은 내친김에 몇 장의 적서를 더 썼다.

화음현으로 들어가는 물산들을 관리하는 곳들로 물산들의 유통량을 확 줄여 곡운성을 점점 더 배고프게 만드는 내용이었다.

"흐흐. 화음현으로 들어가는 전매품들의 양을 대폭 깎았다. 한두 달이야 비축분으로 되겠지. 하지만 그 후에는 점점 더 배가 고파질 게야. 하지만 제깟 놈이 뭘 어쩌겠어? 도사 놈들과 함께 흑상 짓을 할 수도 없는데 말이야."

제아무리 화산과 종남의 도사들에게 부탁한다고 해도 한계가 있다. 화산파와 종남산의 도인들이 자신의 개인 사병도 아닌 바에야 나서는 것도 한계가 있을 터, 자신의 능력으로 막을 수 있는 것이 아님을 알게 되면 별수 없이 숙이고 들어오리라.

"숙이고 들어오지 않아도 상관없어. 그분의 뜻은 도사 놈들의 세속화에 있는 듯하니 말이야. 도사 놈들이 제자들을 잃고 그 분노 때문에 세상에 더 깊이 발을 담그면 담글수록 좋겠지."

아무런 부담이 없으니 마음이 너무 홀가분했다.

이래도 좋고 저래도 좋았다.

그때였다.

"……!"

여문량이 흠칫 놀라며 벼락처럼 주위를 돌아보았다.

하지만 집무실 안에는 아무도 없었다.

"이상하다. 분명히 혀를 차는 듯한 소리가 들린 것 같은데……."

여문량은 계속해서 고개를 갸웃거렸다.

하지만 아무것도 발견하지 못하자 이내 어깨를 한 번 으쓱여 보이곤 다시 자리에 앉았다.

*　　　*　　　*

"아, 그 자식 귀도 참 밝네."

전운사 앞으로 쭉 펼쳐진 시전의 첫 번째 골목, 오가는 사람이 뜸하자 갑자기 아무것도 없는 허공에서 목소리가 들리는가 싶더니 홀연히 사람의 형상 하나가 나타났다. 원수의 냄새를 좇아 전운사를 둘러보고 나온 율령이었다.

"휘은(暉隱)의 술(術)을 펼쳤으면서 소리를 차단하는 걸 깜빡 잊은 내 죄지, 뭐."

휘은의 술.

이것 역시 율령의 집안 대대로 내려오는 고대 주술의 하나로 암영의 술과는 정반대로 사용된다. 암영의 술이 어둠 속에 숨는 것이라면 휘은의 술은 빛 속에 녹아들 수 있다.

물론 약점도 있다.

두 가지 주술 모두 소리는 차단하지 못한다. 그래서 주술 발동 시에는 항상 소리를 차단하는 주술을 따로 펼치든지 아니면 심장의 고동 소리나 맥박 그리고 숨소리와 같은 것을 조절하는 무공을 펼치든지 해야 한다.

하지만 휘은, 암영 두 가지 주술의 장점만을 모아 하나로 엮은 천둔(天遁)의 술을 펼칠 수만 있다면 기존의 약점 따위는 모조리 사라진다.

천둔이란 글자 그대로 하늘로 숨어든다는 말이 아니라 사실은 하늘 그 자체가 된다는 뜻이니까. 하늘에 완전히 녹아든 사람을 이 세상의 그 누가 찾아낼 수 있겠는가? 천둔 술이야말로 궁극의 은신주술이다.

"그나저나 서하의 흑랑대와 내통하는 놈이 바로 이곳 전운사의 주관장사 여문량이었군그래."

어디 그뿐이랴?

화산파와 종남산의 도사들을 충동질한 것은 화음현의 지주 곡운성이라는 것 또한 알아냈다. 적서들의 내용으로 미루어 보아 곡운성은 여문량이 자신을 회유하는 과정에서 알게 된 청백염의 밀거래를 두고 여문량을 협박한 모양이다. 흡족할 만큼 내놓지 않는다면 화산파와 종남산의 도사들을 움직여 훼방을 놓는다고 말이다. 참으로 가소로운 놈들이다.

"곡운성 그놈도 웃기는군. 협박을 하려면 그 일 자체를 황궁에 고해바친다고 할 것이지…… 황금이 그렇게도 좋은 걸까?"

황금이 그렇게 좋지 않고서야 그런 악수(惡手)를 두었을까?

황금과 중앙으로의 진출, 두 마리 토끼를 모두 노린 모양인데 율령이 보기엔 멍청한 짓거리다. 흑랑대는 만만한 상대가 아니다. 그리고 곡운성의 자금줄을 조이는 여문량의 술수를 보니 곡운성은 상대가 못 되었다.

"에라, 모르겠다. 그놈들 일은 그놈들이 알아서 하겠지. 나야 원수만 갚으면 그뿐이니까."

하는 짓거리들이 하도 가당치 않아 혀를 차긴 했지만 애초에 자신이 끼어들 일은 아니다. 화산파나 종남산의 도사들이 죽든 말든 자신과는 상관도 없는 일이다.

"킁킁. 냄새가 너무 희미해졌어. 떠난 지 최소한 사나흘은 되는 듯한데?"

율령의 얼굴이 살짝 찌푸려졌다.

전운사에 배인 원수의 냄새는 너무 희미했다. 그러니 원수가 이동했을 방향은 더더욱 희미해졌으리라.

"일단 방향이라도 잡으면 좋겠는데 말이야. 킁킁. 킁킁킁."

율령은 계속해서 원수의 냄새를 좇아 걸음을 옮겼다.

원수가 마지막으로 움직였을 방향이라도 가늠하기 위해서였다.

*   *   *

서안에서 손꼽히는 객잔인 만리향 정문.

거지 중에서도 상거지 하나가 자그만 표주박에 담긴 음식 찌꺼기를 받아 들고는 세상 전부를 얻은 듯 환하게 웃고 있었다.

"허허허! 뭘, 이렇게 많이…… 젊은이. 복 받으시게."

거지의 등을 떠밀던 점소이가 고개를 설레설레 내저었다.

"어이쿠, 냄새야. 복은 관두고, 끼니라도 이을 요량이거든 제발 주방이 있는 뒷문 쪽으로나 오시구려."

"허허. 목욕한 지 삼 년밖에 안 되는데 무슨 냄새가 난다고 이리 난린가?"

점소이가 기겁을 했다.

"커헉. 목욕한 지 삼 년? 그럼 옷은 대체 언제 빠셨소?"

"옷? 글쎄, 그게 언제더라?"

"세상에…… 거지도, 거지도 이런 상거지가 어디 또 있을까? 그래, 삼 년 전에 목욕했다면서 그때도 안 빨았단 말이오?"

"어허, 젊은이. 옷은 너무 자주 빨면 옷감이 상해서 오래 못 입는다네. 이 옷을 물려받을 놈을 생각하면 그렇게 자주 빨아 입을 수가 없어."

"우욱. 그 옷을 또 누구에게 물려준단 말이오?"

점소이는 구토가 치미는지 토악질을 했다.

누더기를 수백여 장 기워 만들어진 옷.

차마 옷이라고 부르기도 미안한, 주방에서 쓰는 걸레만도 못한 그 옷을 물려받아 입어야 할 거지를 생각하니 점소이는 치미는 구토를 참을 수가 없었다.

"우웨에엑. 노인장은 정말 대단한 거지요. 그 옷, 기필코 물려주시구려."

"푸헐. 인정해 줘서 고맙네, 젊은이."

점소이가 고개를 절레절레 흔들었다. 약간은 안쓰럽다는 듯한 얼굴로 말을 이었다.

"하이고, 인정이고 뭐고 간에 다음부턴 절대로 손님들이 드나드는 문으로는 오지 마시오. 우리 주인장 성질이 고약

해서 두 번은 봐주지 않을게요. 치도곤이 날 거란 말이오. 그러니 배가 고프걸랑 꼭 주방이 있는 뒷문으로 오시오. 알겠소?"

나름 생각해서 건넨 말이었지만 거지 노인은 어림없다는 듯 피식 한 번 웃어 보인 후 허리춤을 툭툭 쳤다. 거지 노인의 허리엔 기이한 형태의 매듭이 일곱 개나 지어진 끈이 달려 있었다.

"……!"

그 의미가 어떤 것인지 알지 못하는 점소이는 그 무슨 개풀 뜯어먹는 소리냐는 듯 멀뚱멀뚱 바라보았다.

거지 노인은 한숨을 푹 내쉬었다.

"후우. 알겠네. 내 꼭 그리함세."

말과는 달리 거지 노인은 그 자리에 털썩 주저앉았다.

땟국물이 줄줄 흐르는 손으로 음식 찌꺼기를 마구 퍼먹었다.

"우우욱. 우웨에엑."

비위가 약한 모양인지 점소이는 계속해서 구토를 했다. 진절머리를 치며 안으로 들어가 버렸다.

"오! 이, 이것은 돼지고기 수육이 아닌가?"

음식물 속에서 수육 한 점을 찾아든 거지 노인은 횡재라도 했다는 듯 눈을 빛냈다. 천상의 감로수라도 되는 양 아주 조심스럽게 입을 쩍 벌렸다.

그때였다.

쿵. 쿵. 쿵.

누군가가 계속해서 냄새를 맡으며 거지 노인 앞에 우뚝
섰다.

원수의 흔적을 좇아 움직이던 율령이었다.

율령의 눈과 이제 막 수육 한 점을 시식하려 입을 쩍 벌
린 거지 노인의 눈이 딱 마주쳤다.

3

"……!"

"……!"

두 사람 사이에 순간 정적이 흘렀다.

율령은 너무나 거지 같은 거지 노인의 모습에 할 말을 잃
어서였고 거지 노인은 귀신 같이 수육 냄새를 맡으며 나타
난 율령에게 위기의식을 느껴서였다.

'뭐야, 이 거지는?'

'뭐야, 이 빌어먹을 놈은?'

두 사람은 경계하는 눈초리로 서로의 모습을 아래위로

훑었다.

거지 노인이 먼저 선수를 쳤다. 빼앗길세라 날름 고기를
입에 처넣은 후 우걱우걱 씹었다. 율령의 눈을 빤히 바라보
며 '약 오르지?' 하듯 샐쭉 웃었다.

'그렇잖아도 짜증 나는데…… 이 거지 진짜 뭐야?'

어이가 없어진 율령은 소리 나게 콧방귀를 한 번 뀐 후
다시 킁킁댔다. 이제는 거의 사라진 원수의 체취를 찾아내
기 위해 온정신을 집중했다.

흠칫.

'아니, 뭐 이런 거지 같은 자식이 다 있어?'

그 모습이 거지 노인을 놀래켰다.

고기가 사라졌음에도 불구하고 계속해 킁킁대며 자신의
남은 음식을 탐하다니, 정말 만만찮은 놈이라고 생각했다.

거지 노인은 즉시 버티기에 들어갔다.

"에잇, 풰풰풰!"

거지 노인은 남은 음식에 모질게 침을 뱉었다.

그러고도 모자라 황급히 자리를 떴다. 음식 나눠 줄 생각
이 전혀 없다는 듯 성큼성큼 대로 쪽을 향해 걸었다.

"킁. 킁킁. 이쪽……인 것 같은데?"

율령도 발걸음을 옮겼다. 대로 쪽, 그러니까 정확히 거지
노인이 움직인 방향을 향해서였다.

그렇게 얼마나 지났을까?

거지 노인이 몸을 홱 돌리더니 짜증을 버럭 냈다.

"에잇, 이 빌어먹을 놈아. 너는 어떻게 된 놈이 나 같은 노인이 힘들게 구걸한 음식을 날로 처먹으려 든단 말이냐? 젊은 놈이 양심이 없어요, 양심이!"

거지 노인이 왜 화를 내는지 알아차리지 못한 율령이 눈을 동그랗게 떴다.

"……!"

그러다 율령의 시선이 거지 노인의 손에 들린 표주박에 가 닿았다. 율령은 그제야 거지 노인이 화내는 이유를 알 수 있었다. 한숨이 절로 나왔다.

"하! 무슨 개 풀 뜯어먹는 소린가 했더니…… 노인장, 나는 노인장의 진·수·성·찬엔 전혀 관심 없으니 신경 쓰지 말고 하던 식사나 마저 하시오."

말이 끝나기가 무섭게 율령은 계속해서 킁킁대며 원수의 체취를 좇아 움직였다. 거지 노인은 그런 율령의 모습을 호기심 가득한 눈으로 바라보았다. 음식은 먹는 둥 마는 둥 하며 슬금슬금 율령의 뒤를 따랐다.

잠시 후,

"아, 미치겠다. 조금만 더 남아 있지…… 어떻게 여기서 딱 끊기냐?"

짜증 나 죽겠다는 듯 율령이 머리를 벅벅 긁었다.

원수의 체취는 대로 앞에서 딱 끊겼다. 방향도 애매했다. 전운사 앞의 대로를 타고 움직이면 어느 방향으로도 움직일 수 있기 때문이었다.

"방향이 너무 애매하잖아. 이렇게 되면 그놈의 흔적이 또 나타나기 전엔 쫓을 수 없다는 말인데…… 그놈의 흔적이 다시 나타나길 어떻게 또 기다리지?"

마음 같아선 신화천리안의 술(術)을 다시 한 번 펼쳐보고 싶다.

물론 바로 걸려들진 않으리라. 무슨 이유에선지는 몰라도 원수의 흔적은 아주 드물게만 나타나니까.

그때였다.

시궁창 썩는 냄새와 함께 꾀죄죄한 얼굴 하나가 율령의 코앞에 훅 나타났다.

율령이 흠칫 놀랐다.

제아무리 원수의 체취를 쫓는 데 정신이 팔려 있었다고는 하나 거지 노인의 움직임을 완전히 놓쳤기 때문이었다.

율령의 발이 슬쩍 움직였다. 한 걸음에 거지 노인과 일장 정도 거리를 벌렸다. 충분한 거리는 아니었지만 최소한의 방어는 가능한 간격이었다.

반짝.

거지 노인의 눈에 어린 호기심이 한층 더 진해졌다.

"호오. 이거, 점점 더 궁금해지는데?"

"지금 뭐라는 거요, 노인장?"

율령이 눈살을 찌푸렸지만 거지 노인은 아랑곳없이 율령의 아래위를 훑어보며 제 할 말만 했다

"태극모를 쓰고 있는 것을 보면 도문에 적을 둔 것으로도 보이는데……. 그런데 움직임은 절대 도문의 보법이 아니란 말이지. 허리에는 불문에서 사용하는 불진(총채)과 도문에서 사용하는 벽조목검(霹棗木劍)이 걸려 있는데 느낌상 보통의 물건들이 아닌 듯 보인단 말이야? 불진도 벽조목검도 품고 있는 기운이 보통이 아냐. 게다가 그 옆에는 부적들을 넣는 목궤(木机)에 허벅지에는 말 그림이 그려진 귀갑까지……. 그 귀갑은 아흔이 넘은 나도 처음 보는 형태의 것! 그리고 계속해서 쿵쿵대는 것으로 보아 추종향 같은 것의 뒤를 쫓는 것 같은데…… 넌 대체 정체가 뭐냐?"

거지 노인은 율령의 정체가 무척이나 궁금한 듯했다.

한눈에 율령이 가지고 있는 물건들의 범상치 않음을 간파해 내는 것을 보면 거지 노인 역시 그냥 거지 노인은 아니었다.

율령도 지지 않았다.

"십 년이 넘도록 빨지 않은 거ㆍ지 같은 옷차림과 역시

평생 목욕이라곤 해 본 적이 없는 듯 거 · 지 같은 꾀죄죄한 몰골…… 하나, 허리에는 칠 결 매듭이 걸려 있고 두 눈엔 정명한 기운이 번득이니 필시 개방의 장로님으로 보이는 데…… 개방의 장로님께서 어째서 무림과는 아무런 상관도 없는 사람을 붙잡고 이러시죠?"

"호오!"

거지 노인, 아니 개방 장로의 얼굴에 떠오른 호기심의 빛이 더더욱 짙어졌다. 자신의 신분을 알면서도 저렇듯 당당한 태도로 나오기 위해서는 스스로에 대한 자신감이 대단하지 않고는 불가능한 법이었으니까.

"이거, 점점 더 흥미로워지는걸?"

"신경 끄시고 하던 식사나 마저 하시…… 응? 벌써 다 먹었네?"

씨익.

개방의 장로는 그 짧은 사이 음식을 다 비우곤 율령을 향해 회심의 미소를 지어 보였다. 율령은 잠시 고개를 흔들어 보이곤 다시 혼자만의 생각에 잠겼다.

'이제 어떻게 하지? 만사형통의 술이 정해 주는 곳을 향해 움직일까? 아니면 조용한 곳으로 가서 신화천리안의 술을 펼칠까?'

율령은 원수를 찾기 위한 가장 좋은 방법이 무엇인지에

대해 계속해서 생각했다. 하지만 아무리 생각해도 마땅한 방법이 떠오르지 않았다. 그저 자신의 길을 막았던 화산파 도사들의 행동이 못내 아쉬울 뿐이다.

'아니야. 그 도사들이 가로막지 않았어도 어차피 늦었어. 이젠 뭔가 방법을 달리해야 해.'

전운사에 남겨졌던 원수의 체취는 아무리 못해도 사나흘은 된 것, 신화천리안의 술에 원수의 흔적이 걸렸을 때 바로 움직였어도 한참 늦었으리라.

원수의 흔적이 이따금씩 신화천리안에 걸려들긴 하지만 그 자리에 오래 머물러 있지 않으면 아무리 빨리 움직여도 꼬리를 잡기 힘들다.

'어떻게 할까? 대체 어떻게 해야 가장 현명한 것일까?'

율령의 고민은 깊어만 갔다.

그때였다.

"대체 누구를 쫓는데 그러냐?"

"……!"

율령이 흠칫 놀라며 눈을 돌렸다. 호기심 가득한 눈으로 바라보는 개방 장로의 모습이 눈에 들어왔다.

율령은 시큰둥한 표정으로 고개를 돌렸다.

"아실 것 없습니다."

"표정으로 보아하니 꽤나 절박한 듯 보이는데…… 혹시

아나? 내가 도움이 될지."

"……!"

율령의 표정이 살짝 변했다. 도움이라는 말, 그 말이 너무나 생소하면서도 이상하게 가슴을 뭉클하게 했기 때문이었다.

삼년상도 치르지 않고 가문의 비전을 수습한 후 이 땅을 떠돌기 시작한 지 어언 삼 년, 그 어디에서도 저런 종류의 말을 들어 본 기억이 없었다.

율령의 표정이 살짝 바뀐 것을 확인한 개방 장로가 고삐를 바짝 조였다.

"내 신분은 너도 이미 알고 있으니 내가 네게 도움이 될 수 있을지 없을지는 네가 더 잘 알고 있을 터, 어디 한 번 얘기해 봐라. 혹시 아냐? 네 고민이 줄어들지?"

살짝 고민하던 율령이 결국 입을 열었다.

"원수의 뒤를 쫓고 있습니다."

"원수?"

"예. 불구대천의 원숩니다."

"흐음. 불구대천의 원수라……. 그렇다면야 네가 그토록 절박한 표정을 짓는 것이 이해가 되는구나. 어디 조금만 더 자세히 이야기해 봐라."

자세한 이야기를 요구했지만 율령은 간단히 줄여서 이야

기했다.

　제아무리 개방의 장로라지만 이제 처음 만난 데다 서로 이름도 모르고 별호도 모르는 사이에 자신의 모든 것을 털어 놓을 수는 없었으니까.

　율령은 자신이 쫓는 것이 어머니를 해(害)한 원수고 십여 년 전 이 땅으로 넘어온 것으로 파악되며, 가끔씩 자신만의 방법으로 꼬리를 잡을 수 있는데 그 원수가 있었던 곳에는 자신만이 알 수 있는 독특한 냄새를 남겨 놓는다는 것 정도까지만 털어 놓았다.

　호기심이 모두 충족되진 않았지만 그 정도만으로도 개방 장로에겐 충분했다. 그간의 정황을 얼추 추측해 냈다.

　"너만의 방법으로 가끔씩 꼬리를 잡을 수 있다? 불가의 천안통 같은 것은 당연히 아닐 것이고…… 행색으로 보아 하니 도가의 술법 같은 것을 편 거냐?"

　"……."

　율령은 대답하지 않았다. 개방의 장로는 그 반응으로 미루어 짐작했다는 듯 놀란 표정을 지었다.

　"크흠. 도가의 술법이 아니라 주술 같은 사이한 것이로구나."

　더불어 개방 장로의 표정이 엄해졌다. 도가의 술법이 아닌 주술 같은 것은 사이한 좌도방문의 것이라고 생각했기 때문이었다.

율령의 표정도 덩달아 싸늘해졌다.

조상대대로 내려오는 국무당가문의 유진을 한낱 삿된 것으로 생각하다니 참을 수가 없었다.

"같은 칼도 익히는 방법에 따라 그리고 사용하는 사람의 심성에 따라 정마로 나뉩니다."

"……!"

율령의 싸늘한 말에 개방의 장로는 한 대 얻어맞은 표정이 되었다.

칼을 예로 들었지만 전체적인 맥락은 무공을 말한 것, 자신은 결코 사이한 방법으로 주술을 익히거나 사용하지 않는다는 뜻이었기 때문이었다.

'요 녀석 좀 보게. 이거, 제대로 된 물건인데?'

개방 장로의 얼굴 전체에 호기심이 뭉게뭉게 피어올랐다. 율령의 말대로라면 사이한 방법이 아닌, 지금은 전해지지도 않는 고대의 제대로 된 주술을 익혔다는 말이었으니까.

도문의 하나였던 화산파는 이제 속가로 변했다. 종남산의 도사들 역시 마찬가지, 갈수록 세(勢)를 불려 가는 화산파에 자극을 받았는지 도(道) 닦는 이들은 이미 오래전에 사라졌고 오직 무(武)에 편승해 하나의 단체를 이뤄 가고 있다.

어디 그뿐인가?

그 두 곳에 자극을 받은 나머지 도문들 역시 도가의 성향을 모두 버린 지 이미 오래다.

후한시대 장릉이란 이인이 쌀 다섯 말에 신선이 된다는 운동을 펼쳐 후인들을 가르치기 시작한 이래 수많은 도관들이 우후죽순 늘었던 청성산의 도사들 역시 청성파로 거듭나 이미 속가로 변해 버린 지 오래다. 벌써 백 년이나 된다.

천하가 넓다 하나 그 어디에서도 도경을 외우는 도사는 더 이상 없다. 그 흔한 부적을 그리는 이조차 거의 사라진 실정이니 도가의 술법을 사용할 수 있는 사람은 이제 전설 속에서나 찾아야 한다.

'무당산의 정기를 찾아 모여든 도사들마저 요즘은 도를 닦는 대신 검법과 권장지각 연마에 온 힘을 기울이는 현실에 이미 잊혀진 지 오래인 고대의 주술을 이은 녀석이라니!'

그야말로 새로운 바람이 아닐 수 없다.

개방장로의 고개가 살짝 숙여졌다.

"선입견을 가져 미안하구나, 아이야. 그토록 오래 강호를 떠돌았으면서도 내가 사람 보는 눈이 부족했다. 구지신개의 이름을 걸고 사과한다. 받아 주겠느냐?"

"⋯⋯!"

이번에는 율령의 표정이 한 대 얻어맞은 것처럼 되었다.

구지신개란 이름이 주는 무게감 때문이었다.

구지신개.

무림의 유수한 문파 중 개방이라는 거대한 문파의 태상 장로로서 답답하기만 한 개방 총단에는 머물지 않고 세상을 떠돌며 협행을 하는 기인이사로, 소림의 전대 장문인인 불성 대사와 아미의 전대 장문인인 고월사태와 동년배였다.

그런 인물이 자신의 별호를 걸고 자신처럼 어린 사람에게 스스럼없이 고개 숙여 사과를 하다니, 놀라운 일이었다.

율령의 고개 역시 절로 숙여졌다.

"감사합니다, 어르신. 율령이라 합니다."

"율령? 율령이라⋯⋯. 허허허. 네가 내 생각대로 고대의 주술을 이은 것이 확실하다면, 네게 그보다 더 잘 어울리는 이름이 없겠구나."

율령이란 형률과 법령이란 뜻으로, 법률을 통틀어 이르는 말이기도 하지만 주술을 맥락으로 하면 모든 주술의 우두머리라는 뜻이 된다.

구지신개의 말처럼 고대의 주술을 고스란히 이은 사람의

이름으로 그보다 더 좋을 수 없다.

율령의 얼굴이 살짝 붉어졌다. 더불어 '이런 사람이라면 자신의 고민을 조금 나눠도 좋지 않을까' 라는 생각마저 들었다.

第五章
실마리

1

서악 화산.

전설에 따르면 태고에 거령신이 화산을 내리쳐서 두 동 강 낸 후 그 사이로 황하의 물줄기를 뚫었다고 하는데, 산 전체가 화강암으로 이뤄진 화산은 그만큼 가파르고 험한 산이다.

하지만 그만큼 산의 기운이 강했다.

희이 선생께서 도문을 통합할 생각을 해야만 했을 만큼 화산의 기운은 구름 같은 도가 수련자들을 끌어 모았다.

그래서 탄생한 것이 바로 화산파!

놀랍게도 화산파는 깎아지른 암벽을 오르고 또 오르는 수고를 감내해야만 그 진실한 위용을 볼 수 있다.

그 이유는 화산파가 화산 정상에 세워져 있기 때문이었다.

산문인 옥천문에서 반 시진 정도 산을 오르면 거대한 돌을 통째 깎아 만든 석문이 나온다. 그 석문 뒤에는 북봉으로 오르는 삼천구백구십구 개의 돌계단이 나오는데 그 돌계단 역시 거대한 암반을 통째 깎아 만들어진 것이다.

북봉은 운대봉이라고 부르는데 길은 오직 하나다.

산등성이를 따라 나머지 삼면은 모두 깎아지른 절벽이고 오직 하나의 길만이 남봉으로 통하며, 남봉 정상에 세워진 남천문을 통해야만 비로소 화산파가 자리한 연화봉인 서봉에 이르는 길에 들어설 수 있다.

사정이 이렇기 때문에 화산파의 건물들은 그렇게 거대하지 않다.

길이 너무 험한 나머지 일반적인 인부들을 대규모 투입할 수 없어 건축의 대부분을 도사들이 담당했기 때문이다.

물론 중요한 석공이나 목수들은 무공이 뛰어난 도사들이 직접 업어서 데려왔으나 그것도 한계가 있었기 때문에 대부분의 인부는 도사들이 되었다.

화산파는 그래서 조금은 투박하고 단조로운 건물들로 이뤄져 있다. 하지만 그렇기 때문에 더더욱 굳세고 강인해 보인다. 희이 선생께서 화산에 자리한 모든 도문을 통합해 하나의 도문으로 규합한 지 이백여 년 만에 도(道)를 버리고 무(武)를 숭상하는 무파로 거듭난 것이 당연해 보일 정도다.

"하아아!"

"차아앗!"

쉬각. 패패팩.

파파팡.

호쾌한 기합 소리와 함께 매서운 바람 소리가 휘몰아친다.

화산파의 도사들이 무공을 수련하는 소리다.

화산 요소요소에 자리한 무수한 암반들, 하다못해 사방 일 장 정도 되는 바위만 되더라도 어김없이 누군가는 그 바위 위에서 무공을 수련한다. 화산은 산 전체가 암반으로 되어 있기 때문에 자하각 앞의 넓은 암반을 제외하면 따로 널찍한 수련 장소가 없기도 하지만, 화산파가 도문에서 무문으로 완전히 탈바꿈한 탓이 더 크다.

그런 화산파가 지금 용광로처럼 달아오르고 있었다.

새벽어림에 날아든 한 통의 전서 때문이었다.

"감히, 그놈들이!"

화산파 칠 대 장문인인 자하진인이 무섭게 분노했다. 삼 대 제자인 청일로부터 온 전서 때문이다.

　　—흑상 토벌을 위해 출정한 사제들 모두 사망.

　　함께했던 상군은 물론이고 종남산의 도사들 역시 모두 사망.

　　사제들의 주검을 수습하려던 중 정체불명의 적에게 저를 비롯한 사형제들 모두 중상을 입었음.

　　사제들을 해(害)한 적은 흑상이나 그 정체는 서하의 흑랑대라고 함. 정체불명의 적의 입에서 직접 들은 사실임. 정체불명의 적은 흑랑대와 내통하는 것이 확실해 보이며 사슬을 쓰는 자임. 사슬을 쓰는 적은 동남쪽을 향해 도주했음.

　　그 행색은 ……중략…… 상군의 협조를 얻어 겨우 중상을 입은 사제들을 추슬렀으며 서안의 안무사까지 이동할 것임.

　　하여 본산에 지급으로 도움을 요청함.

한마디로 선발대는 몽땅 사망에 후발대인 자신들마저 중상을 입었으니 서안의 안무사로 자신들을 좀 데리러 와 달란 뜻. 자하진인이 저렇듯 분노할 만한 일이다.

현천검이란 별호를 가진 화산파의 제일 장로 자청진인의 눈초리가 역팔자를 그렸다. 가감 없이 분노를 토해 냈다.

"가만히 있을 수 없소이다. 지금 즉시 구조대와 추살대를 구성해서 출발해야 한다고 생각하오, 장문인."

애초에 도사라기보다 무공광에 더 가까웠던 자청진인은 당금 화산파를 대표하는 검법의 대가이자 자하진인의 사형으로, 지금 당장 출발할 것처럼 몸을 들썩였다.

"맞습니다. 대화산파의 위명이 땅에 떨어졌습니다. 흑상이건 서하의 흑랑대건 깡그리 쓸어버려야 합니다."

"흑랑대와 내통했다는 그 사술을 쓴다는 놈도 잊으면 아니 됩니다. 그놈을 기필코 잡아 땅에 떨어진 화산의 명성을 바로 세워야만 할 것입니다."

자청진인의 말에 동의하고 나선 이는 화산이로라 불리는 자룡, 자령 두 장로로, 두 사람은 쌍둥이었다.

더불어 화산이로는 당금 화산파의 제일 어른인 자청진인과 의견이 가장 잘 맞았고 그만큼 잘 어울렸다.

자청, 자룡, 자령 세 장로는 비교적 온건하며 도문의 수장으로서의 기품이 넘치던 전대 장문진인인 자허진인 시절엔 숨죽인 채 무공 수련에만 몰두했었다.

하지만 십여 년 전 자허진인이 득도를 목표로 폐관 수련에 돌입하고 비교적 자신들과 뜻이 잘 맞는 넷째 사제인 자하가 새로이 장문진인의 자리에 오르자 쌍수를 들고 환영했다. 자하진인이 화산파를 무문으로서 새롭게 거듭나게 했기 때문이었다. 세 장로는 그때부터 열정적으로 화산파의 일을 돌보기 시작했다. 특히 제일 장로인 자청진인이 열성적이었다.

다혈질로 소문난 대라벽력 자양진인 또한 목청을 돋웠다.

"흑랑대 따위의 손에 대화산파의 제자들이 무참히 쓰러졌습니다. 열 배, 백배로 갚아 주지 않고서야 어찌 화산파의 위엄이 선단 말입니까? 필히 일벌백계하여 매화향이 만리를 달린다는 것을 입증해야만 할 것입니다."

그때였다.

조용히 앉아 있던 마지막 장로 하나가 가만히 입을 열었다.

"일의 중함은 알겠으나 너무 감정적으로 대응하는 것 같습니다. 애초에 도문이 관군의 일에 나선 것 자체가 문제였거늘, 백배, 천배로 되갚는다는 말은 화산파 전체를 걸고 서하의 흑랑대와 자웅을 결한다는 말로 들립니다. 일단 차분히 대응해야 하지 않겠습니까?"

화산파의 마지막 도기(道器)라 불리는 연화군자 자송진

인다운 의견이다. 하나, 장로들 중 막내인 자송진인의 의견
은 장문진인인 자하와 나머지 네 장로들의 거센 반발을 불
러왔다.

"그 무슨 망발인가? 한창인 우리 제자들이 죽었다. 한데
사제는 어찌 그런 한가한 말을 입에 담을 수 있단 말인가?
사제 같은 안이한 정신이 지금껏 화산파를 나태하게 만든
주범이야. 그러니 무공을 등한시해 제자들이 그깟 흑상과
흑랑대의 손에 쓰러지는 것이 아니겠는가?"

"말씀이 지나치십니다, 장문사형. 어찌 그런……."

폭언에 가까운 장문인의 말에 자송진인이 발끈했다. 제
아무리 연화군자라 불리는 사람이었지만 장문인인 자하의
말은 심한 모욕에 가까웠기 때문이다.

그러나 좌중에 자송의 편은 아무도 없었다.

자청, 자룡, 자령, 자양 네 장로가 동시에 들고 일어나
자송진인을 나무랐다.

"그딴 소리 하려거든 자송은 가서 그 잘난 도(道)나 닦
게. 화산파의 앞날을 위해서도 사제 자신을 위해서도 그 편
이 낫네."

"자청 사형의 말씀이 옳습니다. 제자들이 스러진 마당에
한가한 소리는 이 자리에 어울리지 않습니다. 자송, 그런
소리만 하려거든 사제는 이만 돌아가시게."

"자송 사제. 사제는 잘못 생각하고 있네. 제자들이 쓰러진 것도 쓰러진 것이려니와 대화산파의 위명이 땅에 떨어진 마당이네. 이래서야 어찌 매화향이 만 리를 달린다는 명성을 유지할 수 있겠는가?"

"맞습니다, 사형. 강호 동도들에게 화산파가 어떤 곳이라는 것을 이번 기회에 똑똑히 알려줄 필요가 있습니다. 이 기회에 자송 사제도 똑똑히 알아 두게. 화산은 결코 당하고 그냥 있지 않네. 필히 열 배 백배로 갚아 주어야만 해."

"······!"

열화와도 같은 공격에 연화군자 자송진인은 그만 입을 다물 수밖에 없었다. 자칫 한 마디만 더 해도 사문의 반도로 몰릴 기세였기 때문이었다.

'자허 사형····· 어쩌자고 가장 성질이 폭급한 자하 사형에게 장문진인의 자리를 넘겨 주셨단 말입니까? 그러고도 편히 도(道)가 닦이십니까?'

자송진인은 두 눈을 꼭 감아 버렸다. 가슴이 너무나 답답했다.

동시에 장문인의 자리를 자하진인에게 물려준다는 편지 한 장 딸랑 남긴 채 도를 닦기 위해 폐관 수련에 든다며 홀연히 사라진 전대 장문진인 자허진인이 못내 그립고 원망스러웠다.

보라. 오늘날의 화산파를.

비록 막내 사제이긴 하나 장로의 하나인 자신을 마치 사문의 반도인 양 몰아 입도 뻥끗하지 못하게 만들고 있다. 화산파에서 도(道)는 완전히 사라졌다. 화산파는 완벽한 무림의 방파가 되었다.

'저잣거리에 세워져 위세를 불려 가는 무림 세가와 화산파가 과연 무엇이 다른가? 애통한 일이다. 애통한 일이야.'

자신이라고 어찌 죽은 제자들이 아깝고 분하지 않겠는가?

하지만 그 일은 협(俠)이라는 핑계로 돈을 받고 관과 군에 검을 판 까닭에 생긴 일, 무림을 활개 치는 마두를 잡는 일도 아닌 지극히 세속적인 판단이 부른 화(禍)에 다름 아니다.

그러니 그에 대한 대응 역시 조금은 신중할 필요가 있었지만 애통하게도 자신을 제외한 사형들의 머릿속엔 이성이라곤 남아 있지 않은 듯 보였다.

주위를 슥 돌아보는 자송진인의 표정은 무겁기만 했다.

장문인이자 자하각의 주인인 자하진인과 자신을 포함한 다섯 장로들이 소속되어 있는 소요전은 속가의 무림 세가와 완전히 똑같은 생각으로 움직인다.

화산파의 상궁이랄 수 있는 자하각과 소요각 두 곳이 모두 이러하니 나머지 제자들은 어떻겠는가?

현재 화산파를 실질적으로 움직이는 수뇌부들인 취운각, 남천각, 연화각, 매화각의 각주들은 물론이고 매화검수들마저 반대 의견은커녕 입도 뻥끗하지 못한다.

아니, 이런 분위기에 물들었는지 아니면 세상의 명리를 좇기 시작한 탓인지 그들의 표정과 말은 하나같이 강경 일색이다. 자신을 제외한 모든 이의 생각이 자하진인과 같은 모양이다.

"지금부터는 어떻게 해서 제자들의 원수를 갚으며 또한 그 사술을 쓰는 흑랑대의 방수를 잡을 것인지에 대해 토의하고자 합니다. 좋은 의견들이 있다면 기탄없이 말씀들을 해 주세요."

핏발이 곤두선 나머지 혈안이 된 자하진인의 말에 여기저기에서 많은 의견이 쏟아졌다. 장로들은 물론이고 이미 분위기에 동화된 각주들과 매화검수들이었다.

"가장 시급한 일은 역시 중상을 입은 제자들의 안전한 송환인 듯합니다. 일단, 관군들의 힘을 빌려 서안으로 오고 있을 제자들을 데려올 호위대를 선발, 하산시켜야 할 것입니다."

"애초에 흑상의 무리를 토벌하는 데 협조를 구했던 화음현 지주 곡운성과도 의견을 조율할 필요가 있습니다. 어찌 알았는지는 모르지만 그가 흑상의 움직임을 알아냈으니 다음 움직임 역시 알아낼 수 있을 것이라 생각합니다. 감히 화산의 제자들을 해한 흑랑대 놈들을 그냥 두고 볼 수야 없지요."

"맞습니다. 적의 움직임과 규모를 알아야 그에 합당할 만한 규모의 제자들을 준비해 복수할 수 있지 않겠습니까?"

여기까지는 그나마 이성적인 의견이라 할 수 있다.

그러나 뒤이어진 화산이로 자룡과 자령진인의 말에 자송진인은 그만 다시 눈을 질끈 감아 버려야만 했다.

"화음현의 지주 곡운성과 의견을 조율할 때 잊지 말아야 할 것이 있습니다. 이번 일로 희생당한 제자들의 넋을 위로하기 위한 보상을 필히 짚고 넘어가야 합니다."

"맞습니다. 흑상의 움직임도 알아냈던 그가 흑랑대의 정체를 몰랐을 리 만무합니다. 만약에 그 사실을 우리가 알았던들 어찌 삼 대 제자 다섯 명만 딸랑 선발대로 보냈겠습니까? 뒤늦게 뭔가 이상한 생각이 들어 추가로 제자들을 파견하지 않았다면 이런 소식도 듣지 못했을 것 아니겠습니까? 그러니 곡운성에게는 도의적인 책임뿐만 아니라 확실한 귀책이 있다고 생각합니다. 상황이 이렇다면 당연히 희생당한 제자들의 넋을 위로하기 위해서라도 합당한 수준의 보상이 있어야지요."

쉽게 말하자면 제자들의 목숨값을 달라는 말이다.

도문인 화산파가 할 수 있는 말이 결코 아니다. 하나 장
문진인인 자하진인과 장로들과 수뇌부들의 고개는 당연하
다는 듯 끄덕여지고 있었다.

'중이 고기 맛을 보면 절간에 벼룩이 씨가 마른다더
니……. 돈맛을 본 도사들도 별다를 바가 없구나. 도문이
었던 대화산파가 협행을 나선 것이 아니라 낭인이나 용병
으로 제자들을 하산시킨 셈이니……. 청산아, 청송아……
너희들은 협사가 아니라 한낱 낭인으로 죽었구나.'

협(俠)을 앞세웠지만 어차피 상당한 양의 시주금을 받고
출정했으면서 또다시 보상금을 요구하겠다니…… 화산파
는 이제 저잣거리에 세워진 무림 세가와 다를 바가 하나도
없어졌다.

아니, 그보다도 훨씬 더 못하다.

도문에서 세속으로 타락한 셈이니 이제 명성과 명리에
대한 욕망은 기하급수적으로 커져만 갈 것이기 때문이었
다.

더 이상 참을 수 없어진 자송진인은 슬며시 자리에서 일
어났다.

조용히 회의장을 벗어났다.

그러나 아무도 자송진인을 잡지 않았다. 앓던 이가 빠졌다는 듯 오히려 회의는 활기를 띠었다. 이야기가 착착 진행됐다.

부상자들을 데려올 파견대와 사술을 쓰는 흑랑대의 방수를 쫓을 추살대가 즉시 정해졌다.

부상자들을 데려올 파견대는 전투와는 상관이 없는 일이니 삼 대 제자 중 하나가 사 대 제자 스물을 이끌고 다녀오기로 했고 사술을 쓰는 흑랑대의 방수를 쫓는 추살대는 매화검수 다섯을 투입하기로 결정했다. 하지만 적이 도주한 방향이 동남쪽이었으니 서안까지는 함께 움직이기로 했다.

화음현 지주 곡운성에게 다녀오는 일은 화산이로에게 일임됐다.

그 둘이 가장 먼저 의견을 개진했기 때문이기도 하지만 상상외로 두 장로가 이재(理財)에 밝았기 때문이다.

흑상과 흑랑대의 움직임을 알아오는 것은 물론이거니와 화산이로는 틀림없이 희생당한 제자들이 흡족해 할 만큼의 재물을 곡운성에게서 받아낼 수 있을 것이다.

2

종남산도 화산파와 비슷한 상황이었다.

추가로 파견한 제자들이 없었기 때문에 부상당한 화산파 제자들의 보고를 접한 상군들이 대신 연락을 취했다. 그래서 다소 늦게 소식을 접한 종남산의 도사들은 희생당한 제자나 도우들 주검의 운구를 맡을 사람들과 사술을 쓰는 적의 방수를 잡기 위한 추살대 조직에 여념이 없었다.

하지만 그 무엇보다 그들이 토의에 열을 올린 것은 다름이 아니라 종남산의 모든 도사들을 하나로 엮어 하나의 문파로 거듭나는 일이었다.

이름 하여 종남파!

화산의 도사들이 모여 화산파를 이루고 그 성세가 갈수록 높아져 가는 모습을 경원하는 듯했지만 사실은 질투하고 시기하는 눈으로 바라만 보던 종남산의 도사들은 이제 하나의 당당한 문파가 되길 원했다.

매화향이 만 리를 달린다!

그와 같은 세속의 찬사와 명예를 그들 역시 마음껏 누리고 싶었다.

청성산의 도사들마저 백여 년 전 청성파로 거듭나 그 위세가 이미 당당하지 않던가? 오늘날 청성파의 위세는 결코 화산파나 소림, 아미에 못지않다.

그러니 더는 늦출 수 없었다.

더 늦추었다가는 모든 기득권을 놓친 채 화산파나 청성파의 이름에 종남산 도사들의 이름이 영원히 묻혀 버릴 테니까.

종남산의 수많은 도사들을 대표하다시피 하던 십여 도사가 좌장이 되어 일을 추진했다.

그 도사들을 따르는 많은 수의 도사들이 하나로 뭉쳐졌고 종남산의 도사들은 빠르게 종남파가 될 준비를 갖춰 갔다. 아니, 몰려든 도사들의 숫자만 보면 이미 종남파는 만들어진 셈이다. 이제 본산의 건물들을 짓고 개파식만 하면 된다.

이로써 순수한 의미의 도문은 완전히 사라졌다고 봐도 좋았다. 선도를 닦고 불로장생의 술을 연마하며 신선을 꿈꾸던 도문은 이제 그 어디에도 없다.

파견됐다 희생당한 도우들의 시신을 운구해 올 도사들과 사술을 쓰는 적의 방수를 추살할 도사들의 면면과 규모 역시 빠르게 정해졌다.

직분과 사승은 제각각 다르지만 규모만큼은 화산파와 비슷했다. 스물이 넘는 종남산의 도사들이 다시 서안을 향해 길을 떠났다.

또 한 가지, 종남산 도사들의 좌장 격인 십 인의 도사들 중 하나가 화음현의 지주 곡운성을 만나기 위해 출발했다.

그 이유 역시 화산파와 별 다를 바가 없었다.

$$* \qquad * \qquad *$$

"아니, 그게 정말인가?"

율령의 말을 듣고 있던 구지신개가 화들짝 놀랐다.

구순(九旬)을 훌쩍 넘긴 그인지라 그동안 얼마나 많은 일을 겪고 보았겠는가?

하지만 그 많은 경험을 한 구지신개가 놀라움을 감추지 못했다. 몸을 부르르 떨었다.

고타마 싯다르타가 득도하기 직전 나타나 방해를 했던 육천의 마왕 마라의 심복 하나가 이 땅에 스며들었다는 말은 그만큼 놀라운 이야기였다.

'설마? 이 일이 불성 그 늙은이가 말해 온 바로 그 일인가?'

지난 십여 년 동안 천하를 이 잡듯 뒤지고 다녔다.

협행도 협행이지만 불성의 부탁 때문에 지난 십 년 동안 잠시도 쉬지 않고 천하를 떠돈 자신이다. 지금 이곳 서안에도 그 때문에 온 것이었다. 섬서성 일대에서 흑상이 워낙 활개를 친다고 하니 혹시나 싶어 그 배후를 조사해 볼까 왔다.

자신뿐만이 아니다.

평화로운 시기인지라 별다른 활동이 없이 놀고먹던 거지들을 모조리 동원했다. 개방에서 정보를 담당하는 청의단의 모든 거지들이 불성과 자신의 당부를 좇아 마(魔)의 근원을 찾아 헤매었다.

북으로는 서하와 요의 국경에서부터 남으로는 광동, 광서로까지…… 천하를 샅샅이 뒤졌다.

'마교에 성녀가 탄생했다는 사실을 그래서 알게 되었지. 나는 그래서 불성 그 늙은이가 그토록 걱정하던 근심의 근원이 마교가 아닐까 하고 생각했건만…….'

마교에 성녀가 탄생했건 말건, 그래서 마교의 힘이 늘어나건 말건 그것은 작은 일이었다. 그들은 그래도 사람, 마교가 발호한다 하더라도 능히 감당할 수 있다.

하지만 육천의 마왕 마라의 심복이라……. 그로 인해 파생될 결과는 짐작조차 할 수 없었다.

율령의 말은 계속해서 이어졌다.

"어머니를 해한 마귀가 통쾌하게 웃던 모습이 아직도 눈에 선합니다. 물론 심령으로 들은 것에 불과하지만 그놈의 냄새와 목소리를 저는 결코 잊지 못합니다."

어머니가 쳐 둔 결계에 숨어 이를 갈 수밖에 없었던 그때, 극심한 분노에 결국 혼절할 수밖에 없었던 열세 살 시절이 떠올랐는지 율령의 눈이 칼날처럼 빛이 났다.

"원수는 실체가 없는 마령(魔靈) 그 자체! 세상에서 일을 도모하기 위해서는 필히 사람의 탈을 써야 합니다. 저는 그 원수가 분명히 누군가의 속에 깃들었다고 봅니다."

"그, 그게 대체 누군가?"

잔뜩 어두워진 얼굴로 구지신개가 물었다.

율령이 어깨를 한 번 으쓱여 보였다.

"그야 저도 모르죠. 알면 벌써 쫓아갔죠."

우문현답이다.

몇 가지를 제외하면 국무당 가문의 유진을 모두 통달한 율령이 원수의 정체를 알면서 어찌 그대로 두었겠는가? 원수가 누군지, 어디에 있는지 알았다면 벌써 쫓아가 건곤일척의 승부를 보고도 남았을 일이다.

"하긴, 알면 벌써 쫓아갔겠지……. 이 늙은이가 어리석은 질문을 했군그래."

"……."

구지신개가 율령의 얼굴을 물끄러미 바라보았다.

"이제야 자네가 그토록 절박한 표정을 짓던 것이 이해가 가네그려. 육천의 마왕 마라의 심복이라……. 허 참, 그놈이 대체 어디의 누구 안에 깃들어 있는 줄 어찌 아누?"

"지금까지는 한 가지 방법밖에 없었습니다. 제 가문에서 내려오는 주술을 사용하면 아주 드물게 원수의 행방을 알 수 있었습니다. 저는 그때마다 그 방향을 향해 전력을 다해 달렸습니다."

"그런데 그때마다 허탕이었다…… 그거지?"

"예. 항상 뒷북이었습니다. 제가 할 수 있는 것이라곤 조금 전 어르신을 만날 때처럼 킁킁대며 그놈이 남긴 체취를 좇아 다시 그놈이 움직인 방향을 가늠할 뿐이었습니다."

"체취라…… 클클클. 그래서 그렇게 킁킁댔었던 것이로군."

"……."

"난 또 자네가 내 밥 냄새를 맡고 쫓아와 빼앗아 먹으려는 줄 알았네그려. 허허허."

구지신개가 잔잔하게 웃었다. 그 순간이 생각났는지 율령도 따라 미소 지었다.

"자, 일단은 지금까지의 상황을 정리 좀 해 보세."

"예, 어르신."

"자네 모친을 해한 원수는 육천의 마왕 마라다. 그리고 어찌 된 영문인지는 모르겠지만 모친의 사후 마라의 심복 하나가 이 땅에 스며들었고 그것을 혼절하며 목격한 자네는 가문의 유진을 수습해 지난 삼 년 동안 원수의 뒤를 쫓아 이 땅을 헤매었다. 맞는가?"

"예. 그러합니다, 어르신."

"그런데 여기서 문제는 자네 가문 특유의 술수로……."

"술수는 어감이 조금……. 저는 아무렇지도 않으니 그냥 주술이라고 콕 찍어 말해도 됩니다."

"그래? 그렇다면야……. 하여간, 자네 가문만의 주술로 원수의 흔적을 좇을 수 있는데 문제는 그 흔적이 아주 드물게 나타나는 것이란 말이야. 맞나?"

"맞습니다. 바로 그게 문제죠."

"그 흔적을 좇아 제아무리 이를 악물고 달려도 결국엔 냄새만 남아 있다……. 그렇다면 앞으로도 마찬가지일 수밖에 없다는 뜻인데…… 이제는 뭔가 달리 방법을 찾아야 할 것 같은데?"

"그래서 제가 조금 전에 그토록 심각한 얼굴로 고민 중이었던 것입니다, 어르신."

"오, 그랬나? 그래, 궁리해 보니 뭔가 좋은 수가 생기던가?"

구지신개의 질문에 율령은 가만히 고개를 가로저었다.

아무리 생각해도 신화천리안 이상 가는 주술을 떠올릴 수 없었던 것이다.

그때 율령을 따라 곰곰이 생각에 잠겼던 구지신개의 입에서 불쑥 한 마디 푸념이 흘러 나왔다.

"거참, 똥쟁이도 아니고 무슨 놈의 마라의 심복이 냄새만 피우고 사라진담? 냄새를 피웠으면 흔적이라도 더 남기던가, 아니면 하다못해 자주 오기라도 해야 할 것 아니야!"

그 말을 듣는 순간 율령의 뇌리에 뭔가 번쩍하고 스쳐 지나갔다.

냄새, 흔적, 자주 오기라도 해야 할 것 아니냐는 푸념.

그 모든 것이 실타래처럼 하나로 뒤엉키는가 싶더니 이내 한 줄로 쫙 펼쳐졌다.

어째서 신화천리안의 술을 펼쳐도 그렇게 드물게만 원수의 흔적이 드러나는지, 어째서 어떤 곳엔 원수의 흔적이 몇 번씩이나 나타나는지 짐작이 되었다.

'어떤 때는 신화천리안의 술을 펼쳐도 흔적이 없다. 하지만 또 어떤 때는 신화천리안의 술에 원수의 흔적이 나타난다. 그것은 곧 원수가 흔적이 나타날 만한 일을 할 때여야만 신화천리안의 술에 걸려든다는 것이 아닐까?'

원수가 흔적을 남길 만한 일이 과연 무엇일까?

아직 그것이 무엇인지는 정확히 모른다.

하지만 분명한 것은 그만한 일을 했기 때문에 신화천리안의 술에 걸려들었을 거라는 점이다. 그렇다면 답은 빤하다.

감추고 있던 본신의 힘의 드러냄!

육천의 마왕 마라의 심복이 신화천리안에 걸려들 만한 일을 했다면 바로 그 경우밖에 없다.

'그렇다면 분명 이곳에서도 본신의 힘을 드러낸 것이야. 어떤 방식으로 어떤 힘을 사용했든 그것은 틀림없어.'

율령은 확신했다. 원수는 분명 이곳에 왔었다.

무엇 때문인지는 몰라도 이곳에서 분명 본신의 힘을 드러냈으리라. 자신을 위해서건 아니면 원하던 목표를 위해서건 간에 그 힘으로 모종의 일을 했다.

씨이익.

율령의 입꼬리가 길게 말려 올라갔다.

실마리를 잡으니 굳이 신화천리안에만 의존해 원수의 뒤를 쫓을 필요가 없어졌다. 다른 좋은 방법이 생각났다. 바로 원수가 남긴 흔적, 아니 원수가 이곳에서 했을 일을 역추적하면 되는 것이다.

"좋았어!"

기쁜 나머지 율령은 커다랗게 고함을 질렀다.

넋 놓고 생각에 잠겼던 구지신개가 움찔하며 율령을 바라보았다.

율령이 구지신개를 향해 환히 웃었다.

"감사합니다, 어르신."

"응? 뭐, 뭐가?"

"어르신 말씀 덕분에 그동안 어지럽게 얽혀 있던 실타래가 술술 풀렸습니다."

"그, 그래? 그것 참 다행이군. 그런데 내가 뭐라고 했었지?"

흥분한 율령을 보며 덩달아 흥분한 구지신개는 계속해서 고개를 갸웃거렸다. 하지만 아무리 생각해도 자신이 뭐라고 했기에 실타래가 풀렸다고 하는 것인지 알 수 없었다.

율령이 회심의 미소를 지었다.

"어르신. 똥 냄새는 확실히 똥을 싸야만 나는 것이겠지요?"

"그, 그렇겠지? 네 경우엔 어떤지 몰라도 내 경우엔 먹는 것이 잡스럽다보니 냄새가 심히 구리더구나."

자기가 싼 똥인데도 생각만 해도 역겹다는 듯 구지신개가 인상을 찌푸렸다. 율령은 구지신개의 표정 따윈 아랑곳 없이 신나는 얼굴로 입을 열었다.

"고맙습니다, 어르신. 그럼 저는 이만 똥 무더기가 있는 곳으로 가 볼게요."

말과 동시에 율령은 몸을 홱 돌렸다. 뛰다시피 걸음을 옮겼다. 율령의 모습이 점점 더 작아졌다. 율령이 가는 길 끝에는 바로 전운사가 있었다.

"똥 무더기라……."

구지신개의 얼굴에 알 듯 말 듯한 미소가 지어졌다.

"노부도 함께 가자꾸나."

구지신개가 율령의 뒤를 따라 요령 소리가 나도록 뛰었다.

＊　　　＊　　　＊

전운사 내의 주관장사 여문량의 집무실.

공사가 다망한 듯 이 서류 저 서류를 들여다보는 여문량은 계단에서 굴러 부러진 탓에 왼팔에 부목을 대어 놓은 것을 제외하면 이상한 점이 하나도 없었다.

그런 여문량과 불과 일 장밖에 떨어지지 않은 곳에 우뚝선 채 지켜보는 두 사람이 있다. 다름 아닌 율령과 구지신개였다.

백주 대낮에 여문량 앞에 선 두 사람.

하지만 놀랍게도 여문량은 자신 앞에 두 사람이 있음을 전혀 알아차리지 못했다. 율령이 자신과 구지신개에게 동시에 휘은의 술을 펼쳤기 때문이다.

구지신개는 신기한 듯 자신의 손과 몸을 돌아보며 쉴 새 없이 떠들어 댔다.

"우와. 이거 정말 신기하구나. 이야, 어쩜 내 눈에도 내 손이 안 보인다냐?"

믿을 수가 없을 정도다.

무공에도 은신법이 따로 있기는 하지만 이 정도는 아니었다. 자신이 아는 한 그 어떠한 살수들의 은신술도 이와는 비교할 수 없다.

그러니 구지신개가 이리 호들갑을 떠는 것이다. 반대로 율령은 쉴 새 없이 떠는 구지신개 때문에 슬슬 짜증이 났다.

"아, 시끄러워요. 간단한 주술 같아도 이거 상당히 고난도의 주술이란 말이에요. 게다가 소리도 새지 않도록 또 다른 주술을 중첩시켰는데 왜 자꾸 떠들어요, 떠들길? 그러다 내 정신이 산만해져서 주술이 깨져 봐야 정신을 차리겠어요?"

"아, 그 녀석 참……. 알았다, 알았어."

치사하다는 듯 율령을 한 차례 흘겨본 구지신개의 입이 굳게 다물어졌다.

3

하지만 구지신개의 진중함은 오래가지 못했다.

또다시 입을 열어 율령의 머리를 지끈거리게 했다.

"율령아. 그런데 말이다. 보이지도 않고 소리도 차단된다는 것은 확실한데……."

"그런데요?"

"이러고 있다가 방귀라도 나오면 어떻게 하냐?"

"예?"

"혹시, 이 주술…… 냄새도 차단할 수 있냐?"

율령은 그만 눈을 질끈 감고 말았다.

말이 씨가 되었을까? 여문량이 갑자기 일을 하다 말고 코를 킁킁대기 시작했다. 어디선가 굉장히 불쾌하고 꼬질꼬질한 냄새가 풍겨왔기 때문이었다.

"킁. 킁킁. 아, 이상하다. 왜 갑자기 방 안에서 시궁창 썩는 냄새가 나지?"

아무리 생각해도 이상한지 여문량이 벌떡 일어났다. 율령과 구지신개가 있는 곳을 향해 움직였다.

율령이 구지신개를 향해 고함을 버럭 질렀다.

"나가요! 지금 당장!"

"내, 내가 왜?"

"아, 지금 어르신 때문에 저 인간이 눈치채고 가까이 다가오는 것 안 보여요? 공연히 일 망치기 전에 어서 빨리 밖으로 나가요. 빨리요!"

"싫어. 이대로 나갔다가 네가 어디로 훌쩍 사라지면 나는 어떻게 하고? 그냥 이대로 사람들 눈에 보이지 않게 된 채 죽을 때까지 유령처럼 살라고?"

율령이 다시 한 번 고함을 버럭 질렀다.

"아무 염려 말고 나가요. 그 주술은 앞으로 한 시진 안에 스스로 풀릴 거예요. 그리고 정이나 걱정스러우면 아까 우리가 만났던 골목에 잠자코 계셔요. 뭔가 찾게 되면 그곳으로 가서 내가 바로 풀어 줄게요."

"아, 그래? 그렇다면야…… 알았다."

머쓱해진 구지신개가 밖을 향해 움직였다. 그러다가 다시 몸을 홱 돌려 입을 열었다.

"그런데 말이다."

"아, 왜 또요?"

율령이 신경질을 버럭 냈다.

그 순간 여문량이 코앞까지 다가와 코를 킁킁거렸다.

율령이 짜증 낼 수밖에 없는 상황이다.

"킁킁. 아, 정말 이상하다. 왜 자꾸 집무실 안에서 시궁창 냄새가 나지?"

눈 가린 술래 피하듯 율령과 구지신개는 킁킁대며 주변을 서성거리는 여문량 주위를 이리저리 슬슬 피해 다녔다. 하지만 여문량은 그때마다 정확히 그 위치를 파악했다. 구지신개가 뿜어내는 가공할 만한 악취 때문이었다.

"킁킁. 아, 정말 이상하다. 냄새가 자꾸 이쪽에서 났다 저쪽에서 났다 하네?"

여문량은 구지신개가 움직일 때마다 그쪽을 향해 코를 들이밀며 계속 킁킁거렸다.

율령이 다시 한 번 고함을 질렀다.

"아, 빨리 좀 나가란 말이에요."

"알았다, 알았어. 그런데 말이다…… 아까 그곳에서 내가 기다리고 있어도 내 모습이 안 보이는데 네가 날 어떻게 찾는다는 거냐? 너 나 속이는 것 아니지? 그렇지?"

"그 주술 누가 건 것인지 벌써 잊어버렸어요? 내가 건 주술이니만큼 거리가 얼마나 떨어져 있든 결코 내 눈을 벗어날 수 없어요. 그러니 이제 그만 나가요. 빨리!"

"알았다. 그럼 이따 보자."

그제야 안심했다는 듯 구지신개는 밖으로 나갔다.

한시름 놓았다는 듯 율령이 투덜거렸다.

"누가 개방의 태상장로 아니랄까 봐 꼬치꼬치 캐묻기도 잘하네, 정말."

율령은 구지신개가 방금 전에 보였던 아이 같은 모습의 이면을 이미 꿰뚫어 보았다. 이미 사라진 것으로만 알았던 고대의 주술, 이제는 아는 이 하나도 없는 그 고대의 주술은 사소한 것 한 가지 한 가지 모두가 귀중한 정보였다.

하지만 율령은 개의치 않고 다 알려줬다.

그 정도 가지고 조상 대대로 내려온 국무당 가문의 주술이 가진 힘을 가늠하기란 턱도 없으니까.

게다가 휘은의 술이 가진 지속 시간과 한계를 일정 부분 보여 약점이 있는 듯 보였지만 그것도 사실과는 상당한 차이가 있다. 두 주술 모두 약점이 존재하긴 하지만 자신이 다른 주술을 펼쳐 보조하면 그 정도 약점은 바로 사라져 버린다.

그러는 사이 여문량은 창문을 활짝 열어 젖혔다.

한 줄기 시원한 바람이 불어와 구지신개의 냄새를 모두 씻어내 버렸다. 다시 구지신개가 있던 자리로 돌아와 코를 킁킁거렸던 여문량이 만족한 듯 미소 지었다.

"환기가 잘 되지 않았었던 모양이군. 이젠 상쾌하네."

여문량은 다시 자신의 자리에 앉아 집무에 전념했다.

율령은 그런 여문량의 모습을 말없이 지켜보다 주변에 뭔가 다른 이상한 점이 없나 주의 깊게 살폈다.

"뭔가 있을 텐데……. 원수의 체취는 이곳, 바로 이 방에 가장 짙게 배어 있었어. 그렇다면 분명 이곳에서 힘을 개방했거나 그 어떤 주술 같은 것을 펼쳤다는 것인데…… 분명히 어딘가에 매개체 같은 것이 있을 거야."

주술의 종류와 숫자는 그야말로 엄청나게 많다.

저주술만 해도 수십 종류고 강신술의 가짓수는 시전자의 정신력과 모시는 신령의 숫자에 관계되니 더더욱 많으며 공격용 주술과 호신의 주술, 그 외 잡다한 주술과 천지신명께 올리는 주술까지 포함하면 수만 가지는 족히 되리라.

율령의 가문인 국무당가는 조상 대대로 내려오는 주술의 적통(嫡統), 율령의 주술은 세상에 존재하는 모든 주술의 본류다.

그렇기에 율령은 여문량의 다친 팔에 주목했다.

원수가 이곳을 찾아 여문량에게 무엇인가 저주를 했기 때문에 다친 것이라 생각한 것이다.

"일단 저 인간이 죽지 않은 것으로 보아 미약한 수준의 주술을 펼쳤을 거야. 재수가 없도록 박운(薄運)의 저주술을 폈을 수도 있고 건강을 해치거나 병마를 얻게 하는 저주술을 폈을 수도 있지. 그렇다면 분명히 매개체가 이 주변에 있어야 해."

율령은 신묘한 빛을 발하는 눈으로 주변을 샅샅이 훑었다.

저주를 품은 매개체가 주변에 있다면 그 기운이 남다를 터, 보일 수밖에 없으니까.

하지만 놀랍게도 보이지 않았다.

있어야 할 매개체는 집무실 어디에도 없었다. 율령은 혹시나 해서 밖으로 나가 외부도 살펴보았다. 그러나 역시 마찬가지였다. 그 어디에도 저주술의 매개체가 뿜어내는 기운은 없었다.

'이럴 리가 없는데…… 뭔가 이상해.'

율령은 계속해서 고개를 갸웃거리며 안으로 다시 들어왔다.

이해할 수 없었다. 사흘이나 지났음에도 그토록 강한 체취를 남길 만큼 힘을 썼으면서 어째서 주변에는 그에 합당한 매개체가 안 보인단 말인가?

그때 한 가지 생각이 번득 떠올랐다.

'혹시……?'

율령은 즉시 부적들 중 한 장을 뽑아 들었다.

커다란 눈 모양의 그림을 복잡한 도형이 에워싸고 있는 형태의 부적이었다.

"신화안(神火眼)의 술!"

율령의 두 손이 짝 소리 나게 마주쳤다.

부적이 저절로 화르륵 타올랐다. 율령의 손가락이 복잡한 인(印)을 맺었다. 그러자 불덩어리가 둘로 나뉘었다. 율령은 둘로 나뉜 불덩어리를 그대로 자신의 눈에 가져다 댔다.

율령의 눈이 활활 타올랐다. 부동명왕의 눈인 양 활활 타는 눈을 들어 사위를 살폈다. 신화안은 신화천리안의 전단계인 주술로 신화천리안이 먼 곳을 살핀다면 신화안은 가까운 곳의 모든 것을 드러내게 만드는 주술이다.

"분명히 있을 거야. 분명히……!"

다시 한 번 실내를 살피던 율령의 시선이 한 곳에서 딱 멈췄다.

전운사의 주관장사인 여문량을 향해서였다. 그의 몸에 무엇인가가 있었다. 율령의 입이 떡 벌어졌다.

"인형술…… 그것도 최고 수준의 인형술이다."

율령의 눈에 똑똑히 보였다. 여문량의 전신 곳곳에 심어져 하늘로 말려 올라간 정체불명의 검은 실이……. 머리카락이었을 것이 분명한 그 검은 실은 여문량의 팔, 어깨, 허벅지, 종아리, 허리, 목, 머리, 심지어는 입까지 꽁꽁 동여매어져 있었다.

"여문량. 내 원수의 인형이 되었구나."

율령의 눈이 활활 타올랐다. 여문량이 원수라도 되는 양 무섭게 노려보았다. 그토록 찾아 헤매던 원수의 정체와 위치를 알아낼 수 있는 실마리가 바로 그였기 때문이다.

반짝.

율령의 눈에 서슬 파란 살기가 스쳐 지나갔다.

순간적으로 못된 생각이 든 탓이다.

수단 방법 가리지 않고 입을 열게 만들면 어떨까? 저놈이 죽든 말든 입을 열게 만들까? 하는 생각이었다. 하지만 율령은 이내 고개를 흔들었다.

"인형술에 걸린 만큼 네 말로도 결코 좋지는 못하겠구나. 하지만 아무리 그렇다고 지금 당장 내가 손을 써 처음으로 찾은 실마리를 놓칠 수야 없지."

욕망이야 당연히 여문량이 죽든 말든 입을 열게 만들고 싶다.

하지만 똬리를 틀 듯 여문량의 입을 틀어막은 검은 실을 보니 절로 고개가 흔들려진다.

"빌어먹을……. 너무 단단히 매어졌어. 저 저주를 대체 어떻게 해야 원수에게 들키지 않고 풀 수 있지?"

입을 동여맨 검은 실은 분명 안전장치다.

자신에 대해 입을 열거나 누군가 강제로 주술을 풀려 들면 필히 무슨 사달이 생기도록 만들어진 것으로 보인다. 어찌나 지독하게 얽매어 놓았는지 율령도 섣불리 손을 쓸 수 없을 정도였다.

그때였다.

밖에서부터 수하가 급보가 도착한 사실을 알려 왔다. 안무사에서 보내온 것으로 개봉에 자리한 황궁, 황궁에서도 추밀원(樞密院)으로 보내질 것이었다.

여문량이 눈을 가늘게 떴다. 이상하다는 듯 고개를 살짝 갸우뚱하고 기울였다.

"발신인 안무부관 심왕진에 수신인 추밀원 집법부라······. 추밀원으로 보낼 것이면 군용서신이란 소린데 어째서 스스로 파발을 띄우지 않고 이곳으로 보낸 것이지?"

"그것은 소관도 모르겠습니다. 그 봉서(封書)를 가져온 사병의 말을 빌자면 지급으로 추밀원에 보내 달라 하였습니다."

"그래, 알았다. 일단은 내가 알아서 하마. 나가 봐라."

"충."

씨이익.

수하를 내보낸 여문량의 입꼬리가 길게 말려 올라갔다.

여문량은 봉인까지 되어 있는 군용적서를 거침없이 뜯어 그 내용을 읽어 내려갔다.

　　—안무사 왕우량 장군의 행동이 아무래도 이상
　합니다.
　　나흘 전 새벽, 상세 모를 병인으로 인해 쓰러져
　발작을 한 후 깨어나서부터 전혀 다른 사람이 된 듯
　합니다. 하루에도 몇 차례씩 피를 보는 실정입니

다.

　시비가 옷에 물을 엎질렀다는 이유로 온몸이 피에 젖을 만큼의 채찍질을 당했고 또한 군례를 외치던 병사가 잠시 졸았다는 하잘것없는 이유로 즉결 참수 당했습니다.

　또한 병영 내를 돌며 사소한 것 하나하나 지적하며 마음에 들지 않으면 즉시 즉결참수를 하는 실정이니 지금 안무사 내의 분위기는 참담하기만 합니다.

　겨우 나흘 동안 저 역시 몇 번이나 즉결참수를 당할 신세에 처했는지 모릅니다. 과거의 충의롭던 안무사 왕우량 장군은 이제 더 이상 없습니다. 분위기가 너무 무서운 나머지 병사들은 암암리에 탈영까지 생각하고 있는 실정입니다.

　이 내용을 파발로 보낼 수도 없을 정도입니다.

　안무사 왕우량 장군은 외부로 나가는 모든 파발을 규제하고 있으며 직접 검열하고 있습니다. 이래서야 어찌 국경을 제대로 방비할 수 있겠나이까?

　하여 인편을 통해 겨우 전운사로 이 상소를 보내 추밀원에 상소합니다. 어서 빨리 실사를 하시어 안무사를 새로운 인물로 바꾸시고 국경의 방비를 충실히 하시길 앙망합니다.

안무부관 심왕진 배상.

구구절절이 변해 버린 안무사 왕우량을 헐뜯는 내용의
상소다.

하나, 여문량의 입가에는 비웃음만이 가득했다.

"병신 같은 놈. 둑이 이미 터졌거늘 알량한 두 손으로 막
으려 드는구나."

어째서 이 적서가 자신에게로 왔는지 그제야 이해가 갔
다.

그 충직하던 안무사 왕우량이 어째서 그렇게 변했는지도
납득이 갔다.

"안무사 왕우량. 아니, 이제는 더 이상 예전의 왕우량이
아니지."

나흘 전의 그와 나흘 후의 그는 너무나 다른 존재다.

그리고 그 이유를 자신은 너무나도 잘 알고 있다.

왕우량은 그분, 감히 떠올리는 것만으로도 전신에 소름
이 돋도록 만드는 그분의 수족이 되었기 때문이다.

第六章

그들이 무문(武門)으로
거듭난 이유

1

"그분의 힘을 왕우량 따위가 어찌 거부할 수 있으랴?"

자신과는 달리 그분께선 왕우량을 수족으로 만들겠다고 하셨다. 그렇다면 나흘 전부터 시작된 왕우량의 이상행동은 그분의 기운에 물들어서일 것이다.

여문량은 몸을 부르르 떨었다.

그날, 자신 앞에서 펼쳐졌던 지옥 같은 장면이 떠올라서였다.

무간지옥에서 올라온 듯한 사이한 목소리, 온 천하를 휘감을 듯하던 그 끔찍한 기운, 땅 속에서 당장이라도 악귀가 뛰쳐나올 듯한 그 분위기는 당해 보지 않은 사람은 모른다.

"안무부관 심왕진. 네놈은 스스로 무덤을 판 게야."

이따위 상소. 아무리 추밀원으로 올려도 모두 허사다.

양부(兩府), 그러니까 송 황조를 떠받치는 두 기둥인 중서와 추밀원의 수뇌부들은 이미 오래전에 모두 그분의 수족들로 바뀌어 버렸다.

중서의 재상인 동중서문하평장사(同中書門下平章事)와 부재상인 참지정사(參知政事) 그리고 추밀원의 수장인 추밀사(樞密使)와 부관인 추밀부사가 모두 그분 입안의 혀가 되어 나라를 주무른다고 들었다.

일이 그러할진대 이따위 상소가 무슨 소용이랴?

모르긴 몰라도 이 상소는 죽음의 칼날이 되어 안무부관 심왕진의 목으로 파고들리라.

"……!"

여문량은 심왕진의 상소를 가만히 들여다보았다. 그러다가 무슨 생각이 들었는지 갑자기 그 상소를 갈기갈기 찢어 버렸다. 여문량이 한숨을 길게 내쉬었다.

"후우. 상소가 칼날로 되돌아와 죽으나 왕우량이 그분의 힘을 채 다스리지 못한 광증으로 널 죽이나 마찬가지겠으나…… 나마저 네 죽음을 부채질하긴 싫구나. 심왕진, 네

명(命)은 어디까지냐? 살날까지는 그래도 살아 보거라."

안무사 왕우량이 그분의 수족이 된 이상 충직하기만 한 심왕진은 죽은 목숨이나 다름이 없다. 이 상소가 올라가도 죽고 올라가지 않아도 머지않아 죽는다. 하지만 여문량은 심왕진의 죽음을 자신이 재촉하긴 싫어졌다. 아마도 동병상련이리라.

*　　*　　*

전운사를 나선 율령은 가만히 생각에 잠겼다.

"안무사 왕우량이라……."

심왕진의 상소와 여문량의 독백에 의하면 왕우량은 인형술보다 더욱 지독한 술수에 잠식당한 것으로 보였다.

율령의 고개가 가만히 끄덕여졌다.

왕우량이 무엇에 잠식당한 것인지 어쩐지 알 것 같았기 때문이었다.

"안무사에 직접 간 것이 아니야. 전운사에서 무엇인가를 했어. 나흘 전에 발작한 후 갑자기 사람이 바뀌었다고 했지?"

그렇다면 상당히 범위가 좁혀진다. 그리고 율령은 이내 한 가지를 떠올렸다.

"인형술의 정점에 있는 주술인 마령인형술!"

여문량이 인형술에 걸린 것을 보면 그것일 가능성이 가장 높다.

그냥 인형술이 피시술자의 의지에 반해 신체를 자유자재로 할 수 있는 것이라면 마령인형술은 시술자의 의지와 힘을 전이시켜 만들어 낸다.

인형술이 언제 죽을지 모른다는 공포로 움직이는 것과는 달리 마령인형술은 시술자의 의지와 힘을 조금이나마 받아들이기 때문에 굳이 목숨을 위협할 필요가 없다. 스스로 알아서 주인의 뜻을 좇는다. 시술자와 아무리 멀리 떨어져 있어도 변함이 없다.

말 그대로 시술자의 수족이나 다름이 없어지는 것, 그래서 마령인형술에 걸린 피해자는 인형이라 부르지 않고 수족이라 부른다. 안무사 왕우량은 수족이 된 것이 틀림없다.

더불어 왕우량이 어째서 갑자기 피에 굶주린 것처럼 행동했는지도 이해가 갔다.

'마령인형술에 의해 수족이 될 때 받아들인 기운 때문이 분명해.'

평소 피 보기를 즐겨하는 마두였다면 마령을 받아들이고도 자연스럽게 행동할 수 있었겠지만 왕우량은 평소 충의로웠던 만큼 무고한 피는 절대로 보지 않으려 했을 터, 마령인형술로 인해 평소에는 마음 깊숙한 곳에 억눌려 있던 마성이 엄청나게 증폭했다고 봐야 한다.

그때였다.

"인형술은 뭐고 마령인형술은 또 뭐냐?"

갑자기 율령의 옆에서 걸걸한 목소리가 불쑥 들려왔다.

율령이 흠칫 놀랐다. 주위를 살펴보며 더욱 곤혹스러운 표정을 지었다. 분명히 구지신개의 목소리였는데 구지신개의 기척이 느껴지지 않았기 때문이었다.

'아직 휘은의 술이 풀릴 시간이 되지 않았을 텐데?'

그런데도 구지신개가 느껴지지 않다니 적잖이 당황스러웠다.

구지신개가 호탕하게 웃었다.

"껄껄껄. 내 주위를 호신강기로 완전히 차단을 했더니 네 주술의 흔적마저 사라졌던 모양이로구나. 이거, 정말 재미있는데?"

"호신강기!"

율령의 입에서 작은 탄성이 터졌다.

무공과 주술이 결합하면 발생하는 상승효과가 새삼 놀라워서였다.

물론 아무나 호신강기를 펼칠 수는 없다.

찾아보면 비슷하게 펼칠 능력이 되는 사람들이 다수 있

기는 하겠지만 그 수준은 당연히 구지신개에 비할 바가 못 되리라. 하지만 무공과 주술이 결합을 하자 자신마저 느끼지 못할 정도가 되는 것을 보니 새삼 깨달아지는 것이 있었다.

'화산파 도사 놈들을 상대할 때 암영의 술을 편 채 한요를 사용했었지? 그렇다면 주술만 연이어 사용하기보다는 도사 놈들이 무공이라 착각할 만한 주술인 신칼대신무에 암영의 술과 휘은의 술을 교차해서 사용한다면? 아니, 그 두 가지 주술이 하나가 된 천둔의 술을 내 몸에 건 채 신칼대신무를 펼친다면?'

아직 신칼대신무는 완성되지 않은 미완의 주술이다.

하늘과 통하기 위한 주술인 신칼대신무를 가장 신명스럽게 펼칠 줄 알았던 사람은 이 세상에 오직 한 분, 비명에 가신 자신의 어머니뿐이었다.

천둔의 술 역시 마찬가지다.

하늘에 스르르 녹아드는 천둔의 술 역시 아직은 미답의 경지다.

율령은 신칼대신무와 천둔의 술을 모두 완성한 후 한꺼번에 펼쳤을 때를 상상했다.

부르르.

율령은 자신도 모르는 사이 전율했다.

그 힘을 감히 가로막을 것은 이 하늘 아래 존재하지 않을 것이란 확신이 들었다.

'그런데…… 그놈은 대체 왜 그랬지?'

신칼대신무를 떠올리자 율령에겐 또다시 한 가지 새로운 의문이 생겨났다.

국무당으로서 나라와 민족 그리고 사바세계의 모든 생명들의 안녕을 위해 하늘에 신칼대신무를 올리던 어머니께서는 어째서 육천의 마왕 마라의 공격을 받으셨던 것인가? 하는 점이다.

'육천의 마왕 마라는 그냥 보통의 마귀가 아니야. 마라는 부처님이 득도할 때 나타나 훼방을 놓았던 마귀, 어쭙잖은 사람에게 나타나 훼방을 놓을 만큼 저급한 놈은 아니야.'

그렇다면 그 마라는 어째서 신칼대신무를 하늘에 올리던 어머니께 나타났던 것일까? 율령은 아무리 생각해도 한 가지밖에 떠오르지 않았다.

'호, 혹시…… 신칼대신무를 하늘에 올리시던 어머니 역시 그 어떤 깨달음을 얻기 직전이었던 것인가?'

부처님께 마라가 나타난 이유는 당연히 깨달음을 방해하기 위해서였다. 그렇다면 어머니께 마라가 나타난 이유 역시 깨달음을 방해하기 위해서가 아닐까?

그럴 수도 있다. 분명히 가능성이 있는 소리다.

'신칼대신무! 그리고 천둔의 술! 폐관 수련을 다시 하는 한이 있더라도 그 두 가지를 참오해 볼 필요가 충분히 있군.'

생각이 꼬리에 꼬리를 무는 율령의 귀에 다시금 구지신개의 목소리가 들려왔다.

"애야. 율령아. 무얼 그리 곰곰이 생각하는 게냐? 인형술과 마령인형술의 차이를 설명하는 것이 그리 힘든 것이냐?"

"……!"

율령은 다시 한 번 흠칫 놀랐다. 이번에는 구지신개가 어떻게 자신의 흔적을 발견 또는 느끼고 말을 걸어 왔는지 새삼 놀라웠기 때문이었다.

율령은 구지신개의 질문에 대답하기보다 먼저 질문을 던졌다.

"어르신."

"응?"

"아직 제 주술의 효력이 다하기 전인데 어떻게 기척을 감출 수 있었고 또 어떻게 저를 찾아내실 수 있었죠?"

"아하! 그거?"

별것 아니라는 듯 구지신개는 호탕하게 웃었다.

"껄껄껄. 내가 혼자 있을 때 말이다. 심심해서 네가 펼친 주술 속에서 이것저것 실험을 했었는데 참 흥미롭더구나. 무공과 주술이 사실은 마치 하나였던 것처럼 융화가 잘 되더라고. 이 상태로 무슨 무공이든 자유롭게 다 펼칠 수 있었는데, 마치 내가 전설속의 무신(武神)이나 된 것 같더라니까! 너를 찾아낼 수 있었던 것도 별것 아니야. 그냥 이 속에서 천지사방에 거미줄처럼 내공을 깔았더니 무엇인가 이질적인 감각이 걸려들더라고. 그래서 혹시나 하고 네게 말을 걸었지."

구지신개는 자신이 방금 깨달은 점을 몸소 느꼈던 것이다.

"……!"

더불어 율령은 자신의 주술에서 시급히 보완해야 할 점을 바로 깨달았다.

무림의 고수급, 그러니까 눈앞의 구지신개 정도 되는 무인의 감각은 휘은의 술에 소리를 감추는 주술을 중첩시키는 정도만으로는 절대 피하지 못한다는 점이다.

'천둔의 술! 신칼대신무도 다시 참오해야 하지만 천둔의 술 역시 완벽히 내 것으로 만들어야 함을 잊어서는 안 돼. 신칼대신무가 되었든 천둔의 술이 되었든, 어느 하나라도 완벽해야만 원수를 만나도 승산이 있을 거야.'

원수의 정체도 밝혀야 하는 동시에 가문의 유진 중 가장 중요한 두 가지를 완성해야 한다는 압박감에 율령의 가슴 한쪽이 쇳덩이라도 얹은 듯 묵직해졌다.

그때 구지신개가 소리를 버럭 질렀다.

"율령아! 야, 이 녀석아! 그러니까 인형술과 마령인형술의 차이를 설명하는 것이 그렇게 어려운 것이냐고! 왜 말을 안 해?"

율령의 상념이 바로 깨졌다.

"아, 그거요? 그거 별거 아니에요. 말 그대로 인형이 된 것과 수족이 된 것의 차이에요."

"엥? 그게 뭔 소리야? 자세히 좀 풀어서 말해 봐."

"일단 가죠, 어르신. 가면서 이야기해 드릴게요."

"갑자기 또 어딜 가자는 게야?"

"안무사요."

"안무사? 거긴 또 왜? 그리고 나는 냄새 때문에 안 된다며?"

"호신강기를 계속 펼쳐요. 그렇게 해서 저도 어르신을 감지하지 못했잖아요."

구지신개가 볼멘소리를 했다.

"야, 이 녀석아. 나 정도나 되니까 아까부터 지금까지 계속해서 호신강기를 몸에 두를 수 있지 이거 유지시키는 게 어디 그리 쉬운 줄 알아?"

"아, 그럼 그냥 여기에 계시든가요?"

율령은 그대로 안무사를 향해 움직였다.

율령의 움직임을 감지한 구지신개의 마음이 다급해졌다.

"안무사는 대체 왜 가려는 건데?"

"안무사 왕우량이 마령인형술에 걸렸어요. 전운사에 왔던 원수 놈이 수작을 부린 것이 확실해요."

"뭐야? 그게 정말이야?"

"그래요. 그러니 오려면 오고, 말려면 말아요."

율령의 목소리가 점점 더 멀어졌다.

"아, 미치겠네. 내공은 점점 후달리는데 궁금하기는 하고. 환장하겠네, 정말."

상황이 그렇다니 안 가 볼 수도 없고, 내공은 점점 바닥을 향해 가고 있고, 구지신개는 똥 마려운 강아지처럼 안절부절했다.

그때 저 멀리에서 율령의 목소리가 퉁명스럽게 들려왔다.

"뭐 하러 지금도 계속해서 호신강기를 몸에 두르고 있지? 힘들게시리……."

"……!"

구지신개의 입이 떡 벌어졌다.

그렇다. 굳이 지금 호신강기를 두를 필요가 무에 있겠는가?

지금은 호신강기를 풀고 호흡을 조절하다, 정작 안무사에 진입하게 되면 그때 상황 봐 가면서 다시 호신강기를 불러 몸에 두르면 되는 일이다.

"애야, 율령아! 같이 가자!"

호신강기를 풀어 버린 구지신개가 율령의 뒤를 좇아 신형을 날렸다. 꿉꿉하고 퀴퀴한 시궁창 냄새가 구지신개의 뒤를 따라 길게 이어졌다.

2

한 무리의 도사들이 서안의 성문에 도착했다.

도관은 쓰지 않았지만 순백의 무복 소매 끝에 수놓인 매화꽃을 본 사람들은 모두 한 곳을 떠올렸다. 천하가 넓다하되 감히 소매 끝에 매화꽃을 수놓아 다닐 수 있는 도사들은 한 곳밖에 없었으니까.

"우와. 화산파의 도사님들이다."

"화산파의 도사님들? 그럼 저분들이 그 말로만 듣던 매화향이 만 리를 달리게 만든다던 그 신선님들이란 말이야?"

"그래. 신선이나 다름없지. 저분들께서 나서시면 그 어떠한 악적이라도 꼬리를 만다고 하니 말이야. 저분들이 또 나서셨으니, 필시 또 어떤 악적을 잡으려 나서신 걸게야."

"이야. 또 악적을 잡으러 나서셨다니…… 어떤 놈인지는 몰라도 그놈은 이제 끝장났다고 봐야겠군그래."

성문 앞에 길게 늘어선 사람들은 줄도 서지 않은 채 성문 앞으로 진입하는 화산파의 도사들을 부러움과 선망의 눈길로 지켜보며 찬사를 아끼지 않았다.

낯간지러울 만한 소리였지만 화산의 도사들은 추호의 흐트러짐도 없이 병사들 앞에 도착했다. 병사들 역시 소매 끝의 매화를 보았는지 쩔쩔매었다.

"도사님들께서는 화산에서 내려오시는 길입니까?"

선두에 서 있던 다섯 도사들 중 하나가 거만한 눈길로 병사를 내려다보았다. 한껏 거드름을 피우는 듯 묵직한 목소리로 제 할 말만 했다.

"대화산파의 오엽일세. 그리고 이쪽은 내 사제들일세."

"오, 오엽! 그렇다면 수년 전 서안 일대에서 패악질을 일삼던 흑운방에 단죄를 내리셨던 그 매화검수님이시란 말씀입니까?"

오엽이 빙그레 웃었다.

"바로 나네."

"여, 영광입니다."

검문을 하던 병사가 황송한 얼굴을 했다.

연고지가 가까운 만큼 이곳 서안 일대에서 화산파의 도 사들, 특히 매화검수들만큼 그 명성이 높은 사람이 없었다. 그러니 몇몇 협행으로 이름이 높은 오엽이 자신의 질문에 친절히 대답까지 해 주니 일개 병사의 기분이 얼마나 좋겠 는가?

씨이익.

"수고하게."

한 번 웃어 보인 오엽은 병사의 어깨를 두어 번 툭툭 쳐 준 후 그대로 성내로 들어섰다.

헤죽.

병사의 입이 찢어질 듯 길게 늘어졌다.

어깨를 쳐 주던 오엽이 어느 틈엔가 자신의 손에 동전 몇 문을 쥐여 줬기 때문이었다.

병사와 많은 사람들의 선망 어린 눈길을 받으며 화산파 의 도사들은 보무도 당당하게 서안으로 들어섰다.

* * *

서안의 성문에 길게 늘어선 줄의 끝 부분에 또다시 한 무리의 도사들이 도착했다. 화산파의 도사들보다 조금 늦게 출발한 종남산의 도사들이었다.

　"서현 사형. 저 앞에 화산의 도우들입니다."

　"그렇군."

　서현이라는 도호를 가진 도사가 지그시 입술을 깨물었다.

　줄도 서지 않고 그대로 성문을 통과하는 화산파 도사들을 대하는 사람들의 환호성과 병사의 태도를 보자니 가슴 깊은 곳에 억눌러 놓았던 느낌 하나가 치고 올라왔기 때문이다.

　그 느낌의 정체는 바로 질투심!

　자신을 비롯한 종남산의 도사들은 화산파의 도우들을 볼 때마다 언제나 그런 불편한 감정을 느껴야만 했다.

　제아무리 같은 협행을 해도 화산파의 명성은 하루가 다르게 높아져만 가는데 종남산의 도우들은 그저 어쩌다 하나둘 협행에 나서는 개인으로 인식되었기 때문이다.

　그때 먼저 입을 열었던 서보라는 도호를 가진 도사가 다시 말문을 열었다.

　"서현 사형. 우리는 그냥 이대로 기다립니까?"

　"……!"

서현 도사는 자신의 사제들을 가만히 돌아보았다.

눈빛이 초롱초롱한 것이 하나같이 일말의 기대를 품고 있었다.

그러나 서현의 고개는 내심 가로저어졌다.

자신들이 화산파와 똑같이 행동하기엔 아직 무리라는 것을 너무나 잘 알고 있었기 때문이었다.

서현은 자신의 주위를 돌아보았다.

서보, 서광, 서금, 서학 네 사제들과 열 명의 종남산 도우들 모두 어미 새를 바라보듯 자신만을 바라보고 있었다.

'빌어먹을.'

절대로 화산파와 같은 대우를 바랄 수 없음을 잘 알면서도 서현 도사는 그들의 기대를 외면할 수 없었다. 어차피 종남산의 도사들도 이제 당당한 문파로 거듭날 준비를 하고 있었으니까.

'일단 부딪혀 보자. 우리 종남산의 도사들 역시 이십오년 전 서장의 침입 때도 많은 피를 흘렸었고 그간의 협행 또한 화산파에 못지않았잖아. 아직 정식으로 개파를 하진 않았지만 그런 점을 모두 이해하고 있을지도 몰라.'

결론은 내려졌다.

앞으로의 일을 위해서도 종남산의 도사들은 화산파의 도사들 같은 당당함을 잃지 말아야 한다. 서안 성문의 당당한 통과는 그 시험 무대와도 같은 일이다.

그때였다.

사제들 뒤에 늘어서 있던 열 명의 도우 중 하나가 퉁명스럽게 입을 열었다.

"이보시오, 서현 도우. 무얼 그리 겁을 내시는 게요? 우리 종남산의 도우들이 대관절 화산파에 비해 무엇이 그리 떨어지기에 이렇듯 몸을 사리는 것이냔 말이오!"

허중광이란 이름의 도사다.

종남산에 존재하는 모든 도사들의 좌장 노릇을 하는 열 명의 도사들 중 한 분인 천풍 도장의 직전 제자인 자신들과는 따져보자면 한 배분이나 항렬이 떨어지는 도사로 도(道)를 닦기보다는 입산한 이후 무공만 익혀 온 도사였다.

'이런 건방진 놈이! 나와는 한 배분이나 차이가 나는 놈이 감히 누구에게 이래라저래라야?'

서현 도장의 속은 부글부글 끓어올랐다.

종남산이 하나의 문파로 거듭났다면, 화산파와 같이 번듯한 하나의 문파였다면 허중광이란 놈은 결코 지금 자신에게 눈을 똑바로 뜨고 평 배 대하듯 할 수 없다.

허중광의 사부인 서풍 도장이 자신들에게는 사형뻘 되기 때문인데, 종남산의 도사들이 종남파로 거듭난 상태였다면 허중광 따위는 자신을 비롯한 사제들에게 사숙이라 부르며 머리를 조아려야 마땅한 일이다.

하지만 아직 종남산의 도사들은 하나의 문파로 거듭나지 못한 상태. 사승의 법도도 애매한 상태. 허중광이 아무리 자신을 평 배 대하듯 말을 놓아도 나무랄 명분이 없다.

'속이 끓더라도 아직은 참을 수밖에……'

들끓는 노화를 간신히 눌러 참은 서현 도장이 퉁명스럽게 입을 열었다.

"그렇게 자신이 있다면 도우가 앞장서지 그러시오. 우리가 도우의 뒤를 따르리다."

"내가요? 좋소. 내가 앞서리다. 모두 나를 따르시오."

서현 도장이 한 발 뒤로 물러나자 한껏 고무된 허중광이 앞으로 나섰다.

"……!"

서현을 비롯한 서보, 서금, 서광, 서학이 상당한 거리를 두고 뒤따랐다. 그 뒤를 이어 눈치만 보고 있던 다른 도사들 아홉이 따라 움직였다.

성문이 점점 앞으로 다가왔다.

종남산의 도사들을 지켜보던 사람들이 곱지 않은 눈으로 수군대기 시작했다.

"뭐야, 저치들?"

"그러게. 행색으로 보아 도사들이긴 한데…… 대체 어디의 도사들이지?"

"글쎄? 도관이 어디 한두 곳이어야 말이지."

"제길, 화산파의 명성이 높으니 도관만 쓰면 개나 소나 다 새치기를 하고 지랄이네."

자신들끼리 작은 목소리로 나눈 이야기였지만 어찌 알아듣지 못할까? 서현 도장은 얼굴이 화끈거려 참기가 힘들었다. 쥐구멍이 생각날 정도였다.

하지만 마음을 다시 고쳐먹었다. 머지않아 종남산의 모든 도사들이 종남파라는 이름으로 다시금 태어나게 되면 이런 비웃음 역시 사라질 테니까.

그러는 사이 앞장섰던 허중광이 성문 앞에 도착했다.

"거기 일단 정지! 도사님들은 대체 어디서 오는 도사님들인데 줄도 서지 않고 무턱대고 밀고 들어오는 겁니까?"

화산파의 도사들 때와는 달리 성내로 들어오는 사람들의 신분을 확인하던 병사들이 허중광과 서현 도장 일행을 가로막았다. 어림없다는 듯 거만한 태도였다.

허중광이 짐짓 눈을 부라리며 말했다.

"어허. 보면 모르겠는가? 우리는 종남산에서 내려온 사람들일세. 어서 우리를 통과시켜 주게나."

"종남산의 도사님들이라면……."

허중광의 서슬 파란 눈빛에 살짝 기가 죽은 병사가 뒤를 돌아다보았다. 종남산의 도사들도 나름 유명하긴 한데 협행에 나서는 사람도 있고 그냥 사이비 도사들 역시 많아 어찌할 바를 몰라서였다.

병사의 눈빛을 받은 수문위사장이 나섰다.

"종남산에 도사님들이 어디 한둘이야? 그냥 통과시켰다 무슨 일이라도 생기면 어떻게 책임지려고? 그냥 모두 신분확인해!"

굴욕도 이런 굴욕이 없다.

"뭐, 뭐라? 종남산에 도사들이 어디 한둘이냐고? 거기에 더해 무슨 일이라도 생기면 어떻게 해? 감히 우리 종남산의 도사들을 무뢰배 취급을 한다는 것인가, 지금?"

호기롭게 나섰던 허중광의 얼굴은 붉으락푸르락했다. 노기를 참을 수 없어 고함을 버럭 질렀다.

*　　*　　*

"으응?"

한참을 앞서가던 화산파 오엽 도사가 뒤를 돌아보았다.

안면이 있는 도사들 몇몇의 얼굴이 보였다. 종남산의 도우들이다. 그리고 그중 하나는 똑똑히 기억이 났다. 두어 번 힘을 합쳤던 적이 있던 도사였다.

‘도호가 서현이었던가?’

피식.

오엽의 입가에 작은 미소가 걸렸다. 명백한 비웃음이었
다.

함께 뒤를 돌아본 사제들이 입을 열었다.

"어느 산에서 수련하는지는 몰라도 행색으로 보아 도사
들인 듯한데…… 우리처럼 그냥 통과하려다 제지당한 모양
인데요?"

"어딘데 그러죠?"

별것 아니라는 듯 오엽이 짧게 끊어 말했다.

"종남산."

"아하!"

"크크큭. 그랬군요."

오엽의 말에 사제들은 누구랄 것도 없이 서로 웃음을 터
뜨렸다.

종남산의 도사들이 자신들을 흉내 내다 제지당해 소란을
떠는 것은 그만큼 재미있는 일이었다.

"그냥 모른 체해라."

"예, 사형."

오엽은 대로를 성큼성큼 가로질러 한 곳으로 향했다.

천향객잔이란 곳으로 먼저 여장을 풀 생각인 모양이었

다.

"안무사에서 부상당한 제자들을 데리고 나오면 어느 정도 상세를 추슬러야 수월히 돌아갈 수 있지 않겠느냐? 게다가 더 이상 상처가 깊어지는 것도 막아야 하니, 방을 먼저 잡은 뒤 제자들의 상세를 살피고 자세한 말도 들어보도록 하자."

"예, 사형. 그러는 것이 좋겠습니다."

사제 중 하나가 짐짓 노한 목소리를 내었다.

"상세도 돌보고 말도 들어보는 것 역시 좋지만 사형, 그 녀석들에게 좋은 말만 해 주시면 안 된다고 생각합니다. 흑랑대 따위에게 쓰러지는 것으로도 모자라 사술을 쓰는 방수 따위에게 열 명이나 모두 쓰러지다니요! 대화산파의 위명에 먹칠을 해도 유분수지……. 하여간 단단히 혼쭐을 내주셔야 합니다."

사제들의 말을 듣고 있던 오엽의 눈이 싸늘해졌다.

"염려 마라. 나 역시 그렇게 생각하고 있었다."

"알겠습니다, 사형."

그 말을 끝으로 오엽을 비롯한 화산파 도사들은 천향객잔으로 들어갔다.

3

조금은 고소한 눈으로 허중광을 지켜보던 서현 도장이 앞으로 나섰다. 그래도 자신은 협행에 서너 번 나선 까닭에 이름이 어느 정도는 알려져 있었고 종남산의 이름이 더럽혀지는 것 역시 더 이상 두고 볼 수만은 없었기 때문이다.

"이보시오, 수문위사장. 나는 종남산의 서현이오."

"서현 도장? 가만히 있자, 그 이름은 어디선가 들어 본 듯도 한 이름인데?"

수문위사장의 고개가 살짝 갸우뚱하고 기울었다.

서현이란 도호가 정말 귀에 익었기 때문이었다. 한 번 빙그레 웃어 보인 서현 도장이 말을 이었다.

"석년의 흑운방 사건 때에 화산파의 도우들과 함께 힘을 합했던 사람이외다."

"아! 그 서현 도장!"

그제야 생각이 났다는 듯 수문위사장이 환한 표정을 지었다.

서현의 말을 듣고 보니 그제야 이름과 얼굴이 기억났던 것이다.

수문위사장은 거만한 표정을 바로 지웠다. 다른 사람도 아닌 서현 도장이 종남산의 도사란 것과 그가 했던 협행만큼은 틀림없는 사실이었으니까.

"서현 도장, 몰라 뵈어 죄송하오. 나이를 먹으니 자꾸만 기억력이 나빠져서 그럽니다."

"아직 한창으로 보이는데 별 말씀을 다하십니다."

"허허. 그러면 다른 분들 역시 모두 서현 도장의 일행이신 게요?"

"그렇소이다. 제 사제들과 종남산의 도우들이오."

"아하! 그러셨구나. 자, 여기서 이러지 말고 어서 들어들 가시오. 몰라 뵙고 시간을 끌어 죄송하오이다."

"감사합니다."

겸양의 말을 하던 서현이 잽싸게 수문 위사장의 손에 약간의 은자를 쥐어 주었다. 무공을 깊이 닦은 도사답게 재빠른 손속이었다. 어지간한 소매치기의 손놀림보다 더욱 은밀했다.

"종남산의 도우들이 이곳을 드나들 일이 더욱 많아질 터이니 앞으로도 잘 부탁드립니다."

"여부가 있겠습니까?"

묵직한 손맛에 수문위사장의 입이 헤벌쭉 벌어졌다.

그런 수문위사장의 얼굴을 슬쩍 흘겨보며 씁쓸한 표정을 한 종남산의 도사들이 스쳐 지나갔다. 하나같이 얼굴을 굳힌 채 앞만 보고 걸었다.

특히 멋모르고 앞으로 나섰던 허중광의 표정이 제일 볼 만했는데, 그는 자신에게는 그렇게 거만을 떨던 수문위사장이 서현이란 이름을 알아차리고 환대하자 자존심이 더욱 상했다. 그래서 허중광은 수문위사장의 눈을 무섭게 노려보며 지나갔다.

그런 종남산 도사들의 뒤에서 사람들이 다시 수군거렸다.

"아하! 몇 년 전 흑운방의 일에 나섰던 서현 도장이 바로 종남산의 도사였었구나."

"그러니까 말이야. 나도 이제 처음 알았네그려."

"근데 다른 도사들은 다 뭐야?"

"그야 나도 모르지."

"서현 도장과 함께 다니는 것을 보니 어중이떠중이는 아닌 것 같고…… 모두 다 종남산에 함께 있는 도사들인가?"

"에이, 종남산은 그게 문제야. 도관만 많지 어떤 도사가 좋은 이인지 아닌지 알 수가 있어야지."

"하긴 그건 그래. 나는 종남산에서 나온 도사들이라고 하면 저잣거리에 많이들 서 있는 그런 도관의 도사들이랑 별다른 차이를 못 느끼겠더라고. 그냥 다 같은 도사들인 것처럼 느껴져."

"맞아, 맞아. 나도 그렇게 생각해. 다 똑같아."

아무 힘도 없는 사람들이 아무렇게나 지껄이는 소리들이었지만 서현과 그 일행들의 가슴에는 비수처럼 틀어박혔다.

아드득.

'언제고 이 수모를 갚을 날이 꼭 있으리!'

저만큼 앞서가는 서현 도장이 이를 갈았다.

더불어 한 가지가 더욱 절실해졌다.

종남파!

종남산의 도사들은 어서 빨리 종남파라는 이름으로 새롭게 거듭나야만 한다. 그래야만 더 이상 이런 수모를 받지 않는다.

그 마음을 아는지 막내 사제 서학이 씨근덕거리는 목소리로 입을 열었다.

"사형! 우리 종남산도 머지않았죠? 그렇죠?"

"물론이다."

대답은 바로 튀어나왔지만 서현의 마음은 편치 못했다.

종남산의 모든 도사들을 하나로 엮어 종남파로 거듭나는 것이 결코 녹록한 일이 아님을 잘 알고 있었기 때문이었다.

그 많은 도사들 중 쓸 만한 도사들을 가려 한데 묶는 것도 쉬운 일이 아니다. 도사들 중에서도 사이비가 상당히 많기 때문이다.

누가 개파조사가 되느냐 하는 문제부터 중추적인 수뇌부를 누가 차지하느냐 하는 문제 역시 큰 난관이다. 다들 그만한 수양을 쌓은 도사들이었지만 독보적인 존재가 없는 까닭이다.

이미 도(道)를 버리고 무(武)를 택한 사람들이기에 명성이란 허울을 다들 쉽게 떨칠 수 없다. 화산파의 무슨무슨 각주 또는 장로와 같은 명예는 누구나 쉽게 포기할 수 없는 유혹이다.

걸림돌은 또 있다.

하나의 번듯한 문파로 거듭나기 위해서는 남들에게 보여 줄 외관 또한 그만한 위용을 갖추어야 한다. 하지만 현재 종남산에 있는 도관들은 거의가 조그만 사당 크기에 불과하다.

그러니 남들에게 보여 줄 그럴 듯한 건물들을 지으려면 얼마나 많은 재원을 필요로 하겠는가?

사실 종남산의 도사들이 종남파로 거듭나기 위한 가장 큰 걸림돌이 바로 자금 문제였다. 도사들을 가려 뽑고 수뇌부를 정하는 것보다 그 문제가 더 컸다.

'그래도 머지않았어. 사부님들이 백방으로 노력하고 계시니 머지않아 대규모 공사가 시작될 거야.'

사부님들의 노력!

그 노력이란 것이 화음현의 지주 곡운성에게 제자들의 목숨 값을 받아내는 것과 같은 일이며 자신들과 같은 도사들이 돈을 받고 흑상의 무리와 싸우는 일임을 어찌 모를까?

하지만 종남산의 도사들이 종남파라는 이름으로 거듭날 수만 있다면, 그렇게 될 수만 있다면 서현은 그런 모든 것을 감수할 수 있다고 생각했다.

서현 도장 일행의 굴욕은 성문에서만 끝나지 않았다.

얄궂게도 서현 도장 일행 역시 화산파 도사들이 먼저 들어간 천향객잔에 들어갔기 때문이었다.

가장 좋은 방은 이미 화산파가 먼저 다 차지했다.

서현 도장 일행이 잡은 방 역시 그리 나쁜 방은 아니었으나 방의 크기와 실내 장식과 안락함이 상당히 처지는 곳이었다.

물론 화산파가 사용하는 곳과 동일한 수준의 객실이 전혀 남아 있지 않은 것은 아니었으나 천향객잔의 주인은 그 방을 종남산의 도사들에게는 아예 언질조차 하지 않았다.

그런 방들은 화산파 도사들과 같이 조금 특별한 손님들이 찾을 때를 위해 일부러 남겨 놓는 방이었기 때문이다. 종남산의 도사들은 천향객잔의 주인에게 그런 특별한 사람들이 못되었다.

식사 주문을 받을 때도 약간의 차별이 있었다.

점소이는 화산파와 종남산의 도사들이 한 공간에 있었음에도 불구하고 화산파 도사들에게 먼저 다가가 주문을 받았으며 입안의 혀처럼 곰살맞게 굴었다.

하지만 서현 도장 일행에게는 여느 손님들과 다름없이 대했다.

물론 친절하기는 친절했으나 누가 봐도 화산파에 비해 손색이 있는 태도였다.

그 굴욕감에 허중광의 얼굴이 다시 한 번 흥신악살처럼 변했다. 허중광이 다시 한 번 추태를 떨려 해서 서현 도장은 눈물겨운 인내심을 발휘해 겨우 말렸다.

서현 도장 일행이 먹는 둥 마는 둥 하고 있을 때 화산파의 오엽 도장 일행이 먼저 자리에서 일어났다. 요기는 대충했으니 어서 빨리 안무사에 가 보려는 것이다.

서현 도장 일행도 부랴부랴 일어났다. 화산파 도사들이 먼저 일어난 까닭을 아는데 자신들만 배불리 음식을 먹고 있을 수는 없었기 때문이었다.

화산파 도사들과 종남산의 도사들은 서로 데면데면한 가운데 앞서거니, 뒤서거니 바쁜 걸음으로 안무사로 향했다.

섬서로의 상군을 총괄하는 기관인 안무사.

언제나 활기차고 군기 정연하던 이곳은 불과 나흘이란 시간 만에 살벌한 곳으로 뒤바뀌었다.

심왕진의 주장처럼 상세 모를 발작으로 쓰러졌다 일어난 안무사 왕우량 때문인데, 심왕진을 비롯한 상군 모두 언제 왕우량의 검이 뽑힐지 몰라 불안에 떠는 나날을 보내고 있었다.

"역시!"

신화안의 술로 왕우량을 살피던 율령이 고개를 끄덕였다.

여문량을 볼 때보다 안색이 더 어두웠는데 신화안으로 본 왕우량의 얼굴에는 검붉은 악귀의 형상이 겹쳐져 있었다. 왕우량은 더 이상 예전의 왕우량이 아니었다.

"뭔데 그래? 응? 뭐가 보여? 대체 뭐가 보이는데 그래?"

곁에 있던 구지신개는 궁금증에 몸이 달았는지 아이 보채듯 마구 질문을 던졌다.

"마령인형술! 확실해요. 마령인형술에 당했어요."

"그게 정말이냐? 확실해?"

"어르신도 참, 내가 누군지 몰라서 그래요? 주술에 관한

한 내가 그렇다면 그런 거예요."

너무나 확정적인 율령의 말에 구지신개는 혀를 내둘렀다.

"허 참, 섬서로 안무사 왕우량이라고 하면 그래도 청성파의 속가제자들 중 제법인 자라고 알고 있었는데 어찌 그런 사이한 주술에 그리 쉽게 당했을까?"

정말이지 믿기 힘들었다.

비록 속가제자이긴 하지만 왕우량이 배운 청성파의 송풍검법과 내공은 도가에서 비롯된 정심한 것이다.

창건으로부터 백여 년이 흐른 지금, 비록 화산파와 같이 속가의 무문으로 뒤바뀐 지 수십 년이나 지나 버렸지만 청성파는 본디 도문이었다.

당연히 왕우량이 배운 무공 역시 도가의 수련에서 파생된 것, 왕우량처럼 오랜 세월 도가의 수련에서 파생된 내공을 수련해 온 사람이라면 어지간한 일엔 결코 마음조차 흔들리지 아니할 텐데 그토록 쉽게 마령에 물들어버렸다니 정말 두렵기 짝이 없는 일이다.

율령은 단호히 말했다.

"왕우량은 이제 더 이상 과거의 왕우량이 아니에요. 저놈은 마령에 물들어 버렸어요. 제 원수의 한낱 수족에 불과해요."

"……."

구지신개의 얼굴이 심각해졌다.

도가의 내공을 지닌 사람마저 저토록 쉽게 수족으로 변해 버리는 실정이니 어딘가에 숨어 있을 마라의 심복이 본격적으로 손을 쓰면 대체 이 세상 뉘가 있어 당해낼까 심히 우려스러웠다.

'그래도 혹시 몰라. 신중하게 살펴봐야 해.'

혹시나 율령이 잘못 보았을까 싶은 구지신개는 안무사 왕우량의 모습을 세심히 다시 살피는 한편 내공을 뿜어내 왕우량의 기운을 가늠해 보았다. 실타래처럼 풀린 구지신개의 내공이 소리도 기척도 없이 뻗어가 왕우량의 전신을 더듬었다.

'젠장. 이 진저리 쳐지는 느낌은 뭐야?'

왕우량의 기운을 잠시 느껴 본 구지신개는 다시 한 번 율령의 말을 실감할 수 있었다.

안무사 왕우량에게서는 정명함과는 거리가 먼 사이함이 진하게 풍겼다. 젊은 시절 생사결을 펼쳐 보았던 마교의 고수나 서장 소뢰음사나 혈교의 고수를 대하는 듯한 느낌이었다.

"그럼 이제 어째야 하나?"

"어쩌긴 뭘 어째요? 더 이상 사람도 아닌데 죽여 버려야

죠."

"야, 이 녀석아. 세상 모든 주술의 우두머리란 이름을 가지고 있는 네가 저놈이 걸린 술수를 풀 방도를 찾아야지 어찌 그리 손쉬운 방법만 택한단 말이냐? 죽이는 것만이 능사냐? 앙? 그리고 저놈은 그냥 일반인이 아니야, 이놈아. 이 나라의 장군, 그것도 이곳 섬서로를 총괄하는 안무사라고, 이 녀석아!"

너무나 쉽게 포기하는 율령의 태도에 적이 실망한 구지신개의 역정은 대단했다. 그러나 율령은 그저 냉소만 지었다.

피식.

"푸는 방도요? 그거야 간단하죠."

"그렇지. 바로 그렇게 나와야지. 암."

"정말 간단해요. 저 주술을 건 놈을 찾아 죽여 버리면 돼요."

"건 놈?"

"예, 건 놈이요."

"건 놈이라면…… 네 원수인, 마라의 심복인가 하는 바로 그놈?"

"예, 바로 그놈이요. 왕우량의 몸에 깃든 마령의 근원이 바로 제 원수에게서 비롯되었기 때문에 그 빌어먹을 원수

놈만 처치하면 저 피만 밝히는 왕가 녀석은 다시 정상으로 돌아와요."

"……!"

너무나도 간단한 율령의 말에 구지신개는 그만 아무런 말도 하지 못했다.

원수가 바로 코앞에 있다면 좋겠지만 지난 수년 동안 율령이 고대의 주술을 총 동원해 찾았어도 아직 꼬리조차 잡지 못한 그 마라의 심복을 죽여 왕우량을 구하기란 너무 비현실적으로 느껴졌기 때문이었다.

게다가 그 안에 왕우량으로 인해 발생할 애꿎은 죽음은 또 어찌 받아들여야 하나?

구지신개는 죽이자고밖에 말할 수 없었던 율령의 마음을 그제야 이해할 수 있었다.

"저놈의 신분이 안무사라 그래도 좀 켕긴단 말이야."

"그렇긴 하죠."

"너도 그렇게 생각하지? 게다가 저놈, 마령인형술인지 뭔지에 당하기 전이었다면 간단히 처리가 가능했겠지만…… 지금 보니 그냥 손쉽게 죽어 줄 놈도 아닌 것 같단 말이야."

율령이 피식 웃어 보였다.

"공연히 약한 체할 필요 없어요. 받아들인 기운이 상당하긴 하지만 어르신이라면 그리 어려울 것도 없을걸요?"

속내를 들켰다는 듯 구지신개는 어깨를 한 번 으쓱여보였다.

"뭐, 그렇기야 하지. 보아 하니 제법 힘 좀 쓰게 바뀐 모양이긴 하지만 아직 이 어르신에게는 한참 힘들지. 암."

율령은 한참까지 차이가 나는 것은 아니라고 생각했지만 굳이 말할 필요를 느끼진 않았다. 어차피 자신과 왕우량이 싸우는 것을 보면 알 수 있을 테니까.

"어르신은 나설 필요 없어요. 확실히 하기 위해서 제가 나설 테니까요."

第七章

누명

1

　율령이 직접 손을 쓴다는 말에 구지신개의 눈에는 호기
심이 가득 피어올랐다.

　"네가?"

　"예. 그냥 죽이는 것이야 어쩌면 어르신이 더 빠를 수도
있겠지요. 하지만 안무사 안에 깃든 마령을 완전히 소멸시
키기 위해서는 제가 손을 써야만 해요."

　"……!"

　구지신개가 고개를 끄덕였다. 안무사 왕우량 속에 확실

히 마령인지 뭔지가 깃들어 있다면 고대의 주술을 오롯이 이은 율령만큼 확실한 적임자가 없었다.

"그런데…… 저놈과 어떻게 싸울 테냐?"

"예?"

"저놈 말이다. 너도 알다시피 저놈 신분이 안무사 아니냐? 그러니 이곳 안마당에서 저놈과 싸웠다가는 병사들 눈에 띄기 십상이다. 그렇게 되면 너는 필시 이 나라 모든 상군과 중앙 금군의 추적을 받게 될 가능성이 커! 물론 허접하기 짝이 없는 녀석들인지라 별 위협은 되지 않겠지. 하지만 네가 원수를 갚기 위해 돌아다니려면 그것도 상당한 부담이 될걸?"

"에이, 내가 바보예요? 무턱대고 이 안에서 덤벼들게요?"

"그럼? 어떻게 하려고? 내가 알기로 왕우량이란 녀석, 안무사 안에서 밖으로 나가는 법이 없다고 들었단 말이다. 여기가 그놈 집이야."

율령은 간단한 해결책을 제시했다.

"밖으로 나가게 만들면 돼요."

"아니, 어떻게?"

"심왕진. 그 사람에게 그만한 건수를 만들어 내게 하면 되죠."

"아! 전운사를 통해 추밀원에 상소를 보내려 했다는 그 부관?"

"예. 아마 그 부관, 저와 어르신이 함께 만나서 우리가 알고 있는 사실을 말하면 적극적으로 나설걸요?"

구지신개의 고개가 살짝 갸우뚱하고 기울었다.

"정말 그럴까? 그 부관 입장에서는 상소의 답신을 기다리는 편이 더 좋다고 생각할 텐데? 그리고 심왕진이 우리 말을 믿어 줄지도 의문이고 말이야."

"믿을 거예요. 상소는 어차피 여문량이 찢어 버렸고 왕우량은 피에 굶주린 괴물처럼 눈을 희번덕이며 돌아다니고 있으니까요. 왕우량이 원수의 수족이 되며 받아들인 기운에 완전히 적응해 다시 선한 가면을 쓸 정도가 되지 않는 이상 믿을 수밖에 없을 거예요."

구지신개는 여전히 회의적이었다.

"네 말대로만 되면 좋은데…… 나는 그래도 심왕진이 우리 말을 잘 믿어 줄지 미심쩍다야."

율령이 고함을 버럭 질렀다.

"아, 어르신은 왜 그리 비관적인 생각만 하십니까?"

"여문량이 상소문을 찢어 버렸다지만 그걸 어떻게 확인하냐? 이미 그놈이 찢어 버렸다며? 그런 판국에 제아무리 사람이 회까닥 변했다지만 그래도 지금까지 충심으로 모시던 상관을 그리 쉽게 배신할 수 있겠어?"

율령이 품속에서 주섬주섬 무엇인가를 꺼냈다. 갈기갈기 찢겨 버려 그 내용을 알 수 없는 종이 뭉치였다.

"이걸 보면 믿기 싫어도 믿을 수밖에 없어요."

"그게 뭔데?"

"심왕진 그 부관이 전운사를 통해 보내려 했던 상소요."

구지신개는 그제야 율령이 그토록 확신했던 까닭을 알 수 있었다.

"이런 여우 같은 놈. 그런 증거를 챙겨가지고 왔으면 미리 말을 해 줘야지. 꼭 이 늙은이를 새가슴 가진 좀팽이로 만들어야 속이 시원하냐? 앙?"

"그러니까 제가 말을 하면 믿어요, 쫌!"

그 말을 끝으로 율령은 움직이기 시작했다.

그 모습을 지켜보고 있던 구지신개의 입이 쩍 하고 벌어졌다. 자신이 비록 사람들을 격의 없이 대한다지만 그래도 신분이 신분 아니던가? 개방의 태상장로라고 하면 대부분의 사람들은 자신에게 맞춰 주려고 하거나 잘 보이려고만 한다.

하지만 율령에겐 그런 것이 전혀 없다.

그냥 동네 할아버지 대하듯, 아니 예전부터 잘 알고 지내던 사이처럼 스스럼없이 대한다.

이제 갓 약관이 넘은 나이로 보이는데…… 제아무리 출중한 실력을 지녔다 해도 저 정도의 배포를 지니기는 힘든 일이다.

씨이익.

구지신개의 입가에 밝은 미소가 걸렸다.

"그놈 참, 정말 내 손주로 삼았으면 좋겠구먼."

*　　*　　*

안무사에서도 제법 깊은 곳.

상주하는 병사들의 숙소가 있는 곳에서 그리 멀리 떨어지지 않은 곳의 한 창고에 화산과 종남산 도사들의 주검이 곱게 뉘여 있었다. 심왕진을 찾아 헤매던 중 우연히 이곳을 발견한 율령과 구지신개는 누가 먼저랄 것도 없이 말문을 닫았다.

"……!"

"……!"

아무런 말도 없이 그 주검들을 바라보는 율령과 구지신개의 표정은 무척 상반되었다.

율령은 도사가 한낱 낭인이 되어 쓰러져 있다는 생각에 싸늘한 표정을 지었다. 구지신개는 이젠 비록 속가의 문파

가 되어 버렸지만 그래도 정도의 한 축을 담당하는 화산파
와 종남산 도사들의 허무한 죽음을 적잖이 애달파했다.

구지신개가 조용히 입을 열었다.

"그래, 네가 천도까지 이미 다 해 주었다니 그나마 다행
이로구나. 무림 어른의 한 사람으로서 네게 참으로 고맙
다."

"……!"

율령은 대답을 하지 않았다.

일반 상군들은 천도한 것이 맞지만 상군들을 이끌던 장
군과 이곳에 누워 있는 화산과 종남산 도사들의 영(靈)은
자신과의 계약 때문에 한요 속에 깃들어 있기 때문이었다.

그때 구지신개의 궁금증이 다시 도졌다.

"한데, 그놈들…… 흑랑대라고 했던가?"

"예. 죽어 가던 장군이 그중 하나를 알아보았는지 분명
히 흑랑대라고 했어요."

"흑랑대라……. 흑랑대라면 네 말대로 서하의 특수부대
가 아니더냐? 그런데 그들의 무공이 그렇게 출중하다니 의
뢰로구나."

율령이 어깨를 한 번 으쓱여 보였다.

"출중하긴 하지만 그리 우려할 정도는 아니었어요. 아마
숫자만 엇비슷했다면 이 도사들이 이겼을 걸요?"

"오, 그래?"

"예. 이 도사들은 한 사람당 적게는 두 명에서 많게는 세 명의 흑랑대와 맞서 싸워야만 했어요. 천도 후에 만난 오해 때문에 싸웠던 화산파 도사들 말로는 자신들과 이들이 삼 대 제자라고 했으니까 흑랑대 개개인은 명문거파의 항렬과 수준으로 따지자면 사 대 제자 수준쯤 되는 듯해요."

"크음. 그렇구나."

고개를 끄덕이던 구지신개의 얼굴은 그래도 상당히 어두웠다.

개방의 태상장로인 만큼 어느 정도 이름이 알려진 흑랑대의 규모에 대해 대충이나마 알고 있었기 때문이었다. 자신이 알고 있는 정보가 사실이라면 흑랑대는 명문거파의 사 대 제자급 병사를 무려 천여 명이나 보유하고 있는 셈이 된다.

서하는 동산, 남산, 평하로 이어지는 세 대부족이 이끄는데 흑랑대는 그중 평하 부족이 길러낸 특수부대다. 그러니 서하에는 적어도 동산, 남산 부족이 길러낸 특수부대도 더 존재할 가능성이 상당히 크다.

게다가 그 규모나 실력 역시 흑랑대에 비해 그리 떨어지지 않음은 자명한 사실일 터, 나라의 앞날을 생각하면 우려스럽지 아니할 수가 없는 일이다.

구지신개를 한 번 돌아본 율령이 은근슬쩍 입을 열었다.

"언제고 화산파 도사들을 만나면 제 오해나 좀 풀어 주세요. 저는 불구대천의 원수를 찾아 헤매는 중이지 흑랑대를 돕는 사이한 술법사가 아니라고요."

이미 사정을 모두 들었던 구지신개는 고개를 크게 끄덕였다.

"여부가 있겠느냐? 아무 염려 하지 말거라. 내가 화산에 직접 다녀오는 한이 있더라도 너와 화산파 생존자들 사이에 얽힌 오해는 풀어 주겠다. 하지만……."

"……?"

구지신개가 말꼬리를 늘이자 율령은 눈을 동그랗게 뜨고 구지신개를 바라보았다. 구지신개는 짐짓 엄한 표정을 지으며 율령을 나직이 꾸짖었다.

"원수를 쫓는 일이 아무리 급했다고는 하나 뒤에 도착한 화산파의 아이들을 그리 심하게 대한 것은 어느 정도 각오해야 할 게다. 명문거파의 자존심에 크나큰 생채기를 내 놓았으니 오해는 푼다고 할지언정 그냥 곱게 넘어가지는 않을 게야."

율령은 그만 풀썩 웃어 버렸다.

"훗! 그러니까, 쉽게 말해서 상처받은 자존심을 회복하기 위해서라도 힘센 누군가가 나서서 저를 때려 줄 수도 있다는 뜻이네요."

"너는 말을 해도 왜 꼭 그렇게 하냐? 모든 은원을 정리하는 차원의 비무 같은 것도 있잖아!"

"큿. 업어 치나 매치나 그게 그거 아닌가요? 저는 말장난 같은 것은 별로 좋아하지 않아요."

"그 녀석도 참, 까칠하기는……."

구지신개는 밉지 않다는 눈으로 율령을 한 번 흘겨주었다.

그때였다.

갑자기 밖에서 사이한 어떤 기운이 다가오는 것이 느껴졌다.

율령과 구지신개의 눈이 동시에 서로 마주쳤다.

구지신개가 고개를 끄덕였다. 율령의 손이 잽싸게 허리에 매인 목궤를 왕복했다. 목궤 속에서 난해한 도형이 그려진 부적 두 장이 율령의 손에 딸려 올라왔다.

율령의 두 손이 붙었다 떨어지며 하나의 인(印)을 맺었다.

화르륵.

부적 두 장이 저절로 불타올랐다. 율령과 구지신개의 모습이 빛 속에 녹아들 듯 스르르 사라져 버렸다. 잊혀진 지 오래인 고대의 주술, 휘은의 술이 펼쳐진 것이다.

우웅.

그와 동시에 구지신개의 호신강기가 넓게 펼쳐졌다. 자신과 율령을 순간적으로 에워싸 버렸다. 실내에는 더 이상 그 어떠한 흔적도 남아 있지 않았다.

끼이익.

닫혔던 문이 열리고 누군가 빼꼼 얼굴을 들이밀었다.

놀랍게도 안무사 왕우량이었다.

"……?"

안으로 들어서려던 안무사 왕우량이 코를 두어 번 킁킁대더니 이내 고개를 살짝 갸우뚱했다. 무엇인가 상당히 불쾌한 냄새를 맡았기 때문이다.

휘은의 술과 호신강기 속에 몸을 숨기고 있던 구지신개가 공연히 몸을 움찔 떨었다. 하지만 다행히 왕우량은 아무렇지도 않다는 듯 안으로 들어왔다. 맡아졌던 불쾌한 냄새의 정체를 부패가 시작되는 도사들의 주검에서 비롯된 냄새로 생각한 탓이다.

안으로 들어선 왕우량은 마치 명화(名畵)를 감상하기라도 하듯 도사들의 주검을 지그시 바라보며 흐뭇한 미소를 지었다.

2

"저, 저 육시랄 놈 좀 보게!"

"아, 쫌 조용히 해요!"

왕우량의 표정을 지켜보던 구지신개가 분기탱천했다. 휘은의 술과 호신강기가 합쳐진 효용을 단단히 믿는 듯 자신의 감정을 전혀 숨기지 않았다.

"야, 이놈아. 저놈의 표정을 좀 봐. 협행에 나섰다 스러진 이들을 바라보는 표정이 저게 대체 뭐냐? 저런 표정을 보고서도 어떻게 조용히 할 수가 있어?"

"협행 아니라고 내가 그랬죠? 저기 누워 있는 말코 나부랭이들은 돈에 팔린 낭인이나 마찬가지 신세였다고요. 그리고 저놈, 더 이상 예전의 왕우량이 아니라 마령에 썬 지금은 그냥 마라의 수족일 뿐인 놈이에요! 그러니 제발 조용히 좀 해요!"

그때였다.

"……?"

과연 과거의 왕우량이 아님을 증명이라도 하겠다는 듯 왕우량은 핏발이 곤두선 눈을 갑자기 들어 사위를 날카롭게 살폈다. 그제야 찔끔한 구지신개는 자신의 손으로 자신의 입을 콱 틀어막았다.

고개를 몇 번 갸우뚱 하던 왕우량이 돌연 푸념을 내뱉었다.

"아직도 이 힘에 익숙해지지 않아서인가? 분명 무슨 기척이 느껴진 것 같았는데?"

말과 동시에 왕우량의 눈이 더욱 붉게 물들었다. 두 손을 동시에 쭉 뻗었다. 그러자 왕우량의 손에서 지독히 사이한 검붉은 기운이 뿜어지더니 이내 뚜렷한 형체를 갖춰가기 시작했다.

수강! 수강이 틀림없다!

청성파의 속가제자로 송풍검법을 깊이 익혀왔던 왕우량의 손에서 돌연 수강이 뿜어져 나오다니! 게다가 저런 지독한 사이함이란! 직접 눈으로 보지 않았다면 절대로 믿지 않았을 일이다.

"좋군. 아주 좋아……."

왕우량은 새롭게 얻은 이 힘이 정말로 마음에 들었다.

자신이 새롭게 태어난 그 날, 놀랍게도 자신에게는 이런 놀라운 힘이 아무 노력도 없이 불쑥 생겨났다.

제아무리 노력해도 검기상인 수준을 넘어서지 못한 채 지천명의 나이를 넘겼다. 하지만 자신의 주인은 모습도 보여주지 않은 상태에서도 이런 놀라운 힘을 자신에게 주었다.

"크크크. 힘이란 참으로 자유로운 거야. 이제 막 생긴 것 인데도 불구하고 무엇이든 다 할 수 있으리란 자신감이 든 단 말이야. 흐흐흐. 언제고 이 힘을 마음껏 휘두를 날도 오 겠지?"

왕우량은 말과 동시에 두 손을 이리저리 휘저었다.

후우웅. 우웅.

손의 움직임을 따라 실내의 공기가 진저리를 치며 떨었 다.

"아아, 자유롭다."

왕우량은 한껏 기꺼운 표정을 지었다.

아니, 실제로도 그는 너무나 큰 자유를 얻었다.

자신의 주인은 이런 놀라운 힘만 선사한 것이 아니었다.

그동안의 가치관과 신념 자체를 모두 허물어 버렸다.

나라에 대한 충성심과 정의감 그리고 자비심이나 협행과 같은 마음은 겨자씨만큼도 남아 있지 않았다.

국경의 방비나 서하와 요의 침입에 대한 우려 따위도 모 두 사라졌다. 왕우량은 더 이상 그런 하잘것없는 신념 따위 에 얽매일 생각이 없었다.

짐이나 마찬가지이던 신념들이 남김없이 사라지니 천하 를 다 얻은 듯한 자유로움이 찾아 왔다. 왕우량은 그 자유 감, 그 완벽한 해방감을 한껏 만끽했다. 주인의 뜻에 따라,

때가 오면 마음껏 세상을 휘젓기를 바랐다.

왕우량에게서 사라진 것들의 빈자리는 다른 것들이 채웠다.

명예에 대한 욕심과 재물에 대한 욕심, 그리고 무엇보다 자비심과 협행과 같은 신념으로 인해 그동안 지나치게 억눌려지기만 했던 살육과 파괴에 대한 욕구가 도드라졌다.

처음에는 그 욕구를 잘 절제하지 못했다.

하지만 피 맛을 한동안 보았더니 얼추 갈음이 되었다. 그래서 지금은 그나마 사람다워진 것이다. 피에 젖은 듯 곤두서 있던 두 눈의 핏발도 어느새 가라앉았다.

"크크크. 그래도 또 아무나 죽여 버리고 싶다."

그래서 이곳에 왔다.

도사들이 동료들의 시신을 인수하기 위해 오기 전까지 이곳은 병사들조차 잘 오지 않는 곳이기 때문이다. 난자당해 죽은 시신이 열 구나 있는 곳이니 모두가 가까이 오길 꺼린다.

왕우량이 눈을 지그시 감았다.

며칠 동안 수하들에게 통쾌한 죽음을 내렸던 그 손맛이 눈에 잡힐 듯 떠올랐다. 살과 근육과 뼈를 단숨에 가르는 그 산뜻한 느낌, 샘물처럼 솟구치는 향긋한 피, 그 모든 것이 황홀했다. 계속해서 그 기쁨을 느끼고 싶었다.

"조금만, 조금만 더 참자. 주인께서 그리 오래 기다리지 않아도 된다고 하셨잖아."

왕우량은 아쉬운 듯 입맛을 다시며 도사들의 주검을 바라보았다.

꿩 대신 닭을 바라보는 듯한 눈빛이었다.

"크크큭. 이미 죽은 놈들이었지? 어차피 죽인 놈은 따로 있으니…… 슬쩍 손맛이라도 조금 볼까?"

말이 끝나기가 무섭게 왕우량의 손이 휘저어졌다.

휘웅.

검붉은빛의 수강이 도사들의 주검을 휘감았다.

퍼억. 퍼어억. 퍼버벅.

와드득. 콰득.

도사들의 주검이 처참하게 변했다. 이미 죽어 피도 흐르지 않는 몸이었지만 짓이겨지고 터져나가고 검으로 베기라도 한 듯 예리하게 조각조각 잘렸다.

너무나 순식간에 벌어진 일이다.

*   *   *

"저, 저런 쳐 죽일 놈!"

도저히 참을 수 없어진 구지신개가 호신강기를 풀었다.

휘은의 술을 벗어나 왕우량을 향해 덮쳐들었다.

"이놈!"

구지신개가 손을 쭉 뻗었다. 그 손끝에서 개방의 자랑, 용음십이수가 화려하게 피어났다.

콰아아.

창룡음과도 같은 굉음을 토해내며 쏟아진 용음십이수가 왕우량의 전신 십이대혈을 쪼개려 들었다.

"헛!"

화들짝 놀란 왕우량이 재빨리 손을 흔들었다. 검을 뽑아 들 시간도 없어 수강을 뿜어낸 손을 검으로 삼아 자신의 성명절기인 송풍검법을 펼쳤다.

쌔애액.

수강이 바람이 되어 전면을 휘감았다.

하지만 그 정도로는 용음십이수의 파상공세를 모두 감당할 수 없었다. 삽시간에 가슴과 복부에 이장을 얻어맞은 채 문 밖으로 튕겨져 나갔다. 입가에 진득한 피를 뿜으며 날려 간 것으로 보아 내상이 상당한 듯 보였다.

"으음."

우뚝 선 구지신개가 인상을 잔뜩 썼다.

검붉은빛을 한 왕우량의 수강에 부딪치자 한 줄기 저릿한 기운이 경맥을 파고들었기 때문이다. 난생처음 느껴보는 형태의 기운, 저릿하며 끈끈한 것이 너무나도 불쾌했다.

"흥! 이까짓 것쯤이야."

구지신개는 손에 내공을 강하게 집중시켰다. 파고든 왕우량의 기운을 세게 밀어내며 팍 털어냈다. 스며들었던 왕우량의 힘이 눈에 보일 듯 밀려나왔다.

구지신개의 눈이 활활 타올랐다.

"이 악귀 같은 놈! 이 어르신께서 오늘 네놈의 정체를 낱낱이 까발려 주마. 하아앗!"

구지신개가 밖을 향해 몸을 날렸다.

"아, 젠장! 곤란하게 됐네!"

아직 휘은의 술 안에 있던 율령이 짜증 가득한 표정을 지었다.

심왕진을 찾아 왕우량을 밖으로 끌어내 처리하기로 한 애초의 계획이 다 틀어져 버렸기 때문이다.

"안 그런 듯 굴더니…… 성격이 왜 이래, 저 노인장? 그냥 계획대로 했으면 좋았잖아! 아, 짜증 나!"

진퇴양난이다.

구지신개를 돕지 않자니 왕우량이 뿜어내고 있는 마령의 힘이 마음에 걸리고 밖에 나가 돕자니 자칫 잘못하면 송나라의 모든 상군과 중앙 금군에 쫓길 판이다.

"도움 되는 말 좀 해 주는가 싶더니…… 저 노인장, 이제 보니 완전히 골칫덩어리였네."

시전 골목에서 구지신개를 만난 일 자체가 후회스러워졌
다.

"내 원수 찾는 일도 아득해 죽겠는데…… 어쩐다? 그냥
모른 체하고 갈까? 죽든지 말든지 그냥 전운사의 여문량이
나 족쳐?"

그러자니 이상하게 구지신개가 마음에 걸린다.

개방의 태상장로씩이나 되는 양반이 자신의 이름을 걸고
당당히 사과하던 모습도 마음에 걸렸고 마령의 힘에 젖어
들어 점점 더 힘들어할 모습도 마음에 걸렸다.

그 사이 밖으로 튕겨 나간 왕우량은 즉시 검을 뽑아 들었
다. 내공을 돋워 힘껏 고함을 질렀다.

"적이다! 병영 안가에 악적이 나타났다."

"이런 쳐 죽일 놈을 봤나? 제가 악귀 같은 놈인 주제에
감히 누굴 보고 악적이라고 씨불이는 게야?"

밖으로 나오기가 무섭게 구지신개는 왕우량을 향해 공격
을 퍼붓기 시작했다.

콰아아.

구지신개의 손 그림자가 허공에 가득 찼다. 왕우량의 손
은 금세 어지러워졌다. 도대체 어디를 어떻게 막아야 할지
분간할 수 없을 정도였다.

구지신개만 한 무림의 고수와 겨뤄 본 경험이 없기 때문이기도 하지만 개방의 자랑 용음십이수가 가진 특성 때문에 더더욱 허둥댈 수밖에 없었다.

용음십이수로 발출한 내공은 그 이름처럼 용틀임을 치며 짓쳐 든다. 미세한 공기의 흐름에도 방향이 바로 바뀐다. 때문에 정확히 어디로 튈지는 시전자만이 알고 있다. 그런 상황에서 왕우량이 할 수 있는 방법은 오직 하나, 자신의 성명절기인 송풍검법을 최대한 강하게 펼치는 것뿐이다.

"이야아!"

쌔애액.

왕우량의 검을 따라 거센 바람이 일었다. 검이 일으킨 폭풍이 전면을 휘감았다. 손으로 검을 삼아 펼쳤던 것과는 확연한 차이를 보일 만큼 그 위력이 강해졌다. 게다가 정체불명의 검붉은 기운이 검 끝에 함께 맴도니 오히려 구지신개가 펼치는 용음십이수보다 더욱 위력적으로 보일 정도다.

따앙. 따다다당!

검과 손이 부딪치는데 종소리가 들렸다. 구지신개의 손에 걸린 용음십이수의 힘이 그만큼 강한 탓이다.

퍼퍽!

"크윽!"

왕우량이 신음성을 삼키며 비칠비칠 물러났다. 그토록

엄밀히 틀어막았는데 어떻게 파고든 것인지 구지신개의 손은 왕우량의 목과 심장과 단전을 정확히 가격했다.

그러나 왕우량은 무너지지 않았다.

핏발이 곤두선 눈을 한 채 비틀거리면서도 검을 들어 전면을 틀어막았다. 최대한 방어에 나섰다.

구지신개의 표정도 과히 좋지 못했다. 자꾸만 손을 꽉 쥐었다 폈다 했다. 뭔가가 조금 불편한 모양이었다.

"이놈! 과연 마령에 씐 놈답구나. 몇 수 정도면 쓰러뜨릴 수 있을 줄 알았더니 제법 버티는데?"

제법 버티는 정도가 아니다. 기를 쓰고 검을 전면에 세우고 있는 모습을 보니 완전히 제압하기 위해서는 아직도 최소한 반 각은 걸릴 듯 보였다.

*　　　*　　　*

"으응? 악적?"

"안가에 악적이 나타났다니! 이게 대체 무슨 말이오?"

안무사에 들어선 후 희생자들이 안치된 장소로 움직이고 있던 화산파와 종남산의 도사들은 난데없이 들려온 악적이란 말에 눈이 휘둥그레졌다.

"어떻게 된 영문인지 저도 아직 잘 모르겠습니다."

안내를 맡았던 병사도 고개를 가로저었다.

그때 갑자기 여기저기에서 요란한 종소리가 울려 퍼졌다. 동시에 무장을 갖춘 병사들이 한 곳을 향해 일제히 뛰기 시작하는 모습이 보였다.

"저, 저쪽은 희생당한 도사님들을 모셔 둔 안가 쪽인데?"

병사의 말에 화산과 종남산 도사들의 안색이 확 변했다.

병사가 말한 방향에 희생당한 제자들이 있다는 말과 안가에 악적이 나타났다는 말이 어쩐지 연관이 있는 듯했기 때문이었다. 오엽 도장이 얼굴을 굳힌 채 입을 열었다.

"아무래도 우리가 먼저 가 봐야 할 것 같소."

"그, 그래 주시겠습니까?"

병사가 반색을 하며 반겼다. 그렇잖아도 피에 주린 듯 굴어 대는 안무사 왕우량 덕에 살벌한 이곳에 또 다른 변괴가 생긴 듯해 오금이 저려 왔는데, 그 이름도 쟁쟁한 화산파의 도사가 먼저 나서 준다니 이보다 더 반가울 수 없었다.

"가자!"

"예, 사형."

오엽 도장의 뒤를 따라 나머지 매화검수 네 명과 삼, 사 대 제자들이 움직였다.

"우리도 빠질 수 없지. 사제들, 가세."

화산파와 함께 도착했던 종남산의 서현 도장 역시 자신의 사제들을 향해 외친 후 그대로 오엽 일행이 나아간 방향을 향해 신형을 날렸다.

이제야말로 자신들의 이름을 높일 기회를 잡았다는 듯 비장한 표정을 한 서보, 서광, 서금, 서학 등이 바로 움직이기 시작했다. 허중광과 나머지 종남산의 도사들 역시 이 기회를 놓칠 수 없다는 듯 빠르게 따라붙었다.

3

마령이란 말에 왕우량의 표정이 확 달라졌다.

놀란 눈을 들어 재빨리 주변을 살폈다. 아직 수하들이 몰려나오지 않았음을 확인하고서야 얼굴색이 정상으로 돌아왔다.

"거지! 그걸 어떻게 알았지?"

왕우량의 눈이 구지신개의 허리춤에 가 닿았다.

"오호라. 허리의 매듭을 보니 개방의 장로로구나."

말과 동시에 왕우량의 고개가 끄덕여졌다. 온갖 정보에 정통한 개방의 장로다 보니 마령이란 말을 알고 있어도 그다지 이상하게 느껴지지 않았기 때문이다.

개방이란 이름이 튀어나온 순간 구지신개의 눈에서 정명한 빛이 줄기줄기 뻗어 나왔다.

"구지신개가 바로 나니라, 이 마령에 씐 악독한 놈아."

"크크큭. 악독하긴? 난 내 욕망에 정직해진 것일 뿐이야, 거지."

"흥! 네놈의 욕망이고 뭐고 간에 오늘 이 노화자께서 아주 끝장을 내주마."

구지신개가 당장 다시 손을 쓸 듯하자 왕우량이 황급히 다른 말을 던졌다.

"난 대송제국의 장군이다, 거지."

"그래서?"

"그래서라니? 개방의 위세가 제아무리 높다 하나 어찌 감히 대송제국의 장군을, 그것도 이곳 섬서로를 총괄하는 안무사인 나를 해(害)할 수 있단 말이냐?"

그 말에 대꾸라도 하듯 구지신개의 뒤에서 낭랑한 목소리 하나가 들려 왔다.

"대송제국의 장군? 안무사? 지랄한다!"

고민 끝에 결국 나서기로 결심한 율령이 휘은의 술을 풀고 모습을 드러낸 것이다.

"⋯⋯!"

율령의 모습을 본 순간 이상스럽게도 왕우량은 아무런

누명 267

대꾸도 하지 못했다. 마치 고양이를 만난 쥐라도 되는 양 움찔하며 입을 다물었다.

씨이익.

율령의 입꼬리가 길게 말려 하늘로 올라갔다.

"네 과거가 어쨌든, 넌 더 이상 장군도 안무사도 아니야. 그저 마령인형술에 걸린 마라의 심복의 조무래기일 뿐이지."

율령을 바라보는 왕우량의 눈자위가 잘게 떨렸다.

자신도 그 이유를 몰랐다.

머리에 쓰고 있는 태극모를 보면 도사인 듯한데 허리에 매인 불진과 목검, 목궤와 허벅지에 매어 놓은 작은 거북이 등껍질을 보면 정체가 모호해졌다.

그러나 그보다 더 본질적인 문제는 율령의 전신에서 풍기는 무형의 기운에 대한 본능적인 두려움이다. 그 기운 앞에 놓이자 왕우량은 자신도 모르는 사이 고양이 앞의 쥐가되어 버렸다. 저절로 한 발 뒤로 물러설 정도다.

'이, 이런!'

그 실태를 깨달은 왕우량은 화들짝 놀랐다.

가슴 밑바닥에 잠들어 있던 부끄러움과 분노가 동시에 올라왔다.

세상을 마음대로 휘저을 수 있을 것 같던 기운을 받았으면서 아직 마음대로 다루지 못해 저런 놈들에게 약한 모습을 보였다는 굴욕을 참기 힘들었다.

아드득.

"네 놈의 정체가 뭐든, 네놈이 뭐라든지 간에 내가 이곳 섬서로의 안무사임은 주지의 사실! 거지와 괴상한 놈아. 무엇 때문에 이곳에 왔는지는 모르겠지만…… 네놈들은 실수한 거다."

그 말에 호응이라도 하듯 갑자기 사방에서 함성 소리를 내지르며 완전무장을 한 병사들이 쏟아져 들어왔다.

"장군님께서 위험하시다."

"악적으로부터 장군님을 보호하라!"

장검을 찬 장수에서부터 쇠뇌로 무장한 병사와 창을 든 병사와 방패병까지……. 온갖 병과의 병사들이 둥그렇게 반원을 그려 율령과 구지신개를 포위했다.

"기창 선두! 방패병과 검도대는 그 뒤를 지킨다. 쇠뇌대는 후미에서 시위에 살을 먹인 채 대기하라."

"충!"

누군가의 지휘에 따라 병사들이 절도 있게 움직였다.

그제야 미소를 되찾은 왕우량이 비릿하게 웃으며 검을 허리에 되돌렸다. 하지만,

피식.

마주 웃어 보인 율령의 얼굴에서 두려움이란 그 어디에도 찾아 볼 수 없었다.

구지신개 역시 마찬가지, 하늘 아래 단 한 점의 부끄러움도 없다는 듯 당당하기만 했다.

"실수는 무슨? 용관용병 적빈적약한 상군들에게 쫓겨 봤자죠. 안 그래요, 영 · 감 · 님?"

힘주어 말한 영감님이란 단어에 일을 이렇게 만든 책임 추궁이 서려 있음을 직감한 구지신개는 살짝 움찔했다.

율령과는 달리 자신은 개방의 태상장로, 오늘 일이 잘못되면 개방에까지 그 피해가 미치게 되니 율령처럼 호탕하게만은 할 수 없었다.

'이런 멍청한! 왜 그 사실을 잊고 천둥벌거숭이처럼 나섰담? 그냥 저 녀석이 말한 것처럼 심왕진인가 하는 녀석이나 찾아서 밖으로 꾀어낸 후 처리할 걸.'

후회가 물밀 듯 밀려왔지만 내색할 수는 없는 일!

구진신개는 아무렇지도 않은 듯 호탕하게 율령의 말을 받았다.

"암! 일단 저 악귀 같은 놈을 잡아서 정체를 밝히고 나면 그 누가 있어 우리에게 죄가 있다 하겠느냐?"

율령이 왕우량을 똑바로 노려보았다.

"들었지? 너만 잡으면 돼!"

말과 동시에 율령이 성큼 발을 내디뎠다. 주위를 에워싸고 있는 병사들에게는 관심이 없다는 듯, 아니면 덤벼들든 덤벼들지 않든 아무런 상관이 없다는 듯 대담한 태도였다.

"맞아. 저놈을 잡아 정체만 밝히면 되는 일이지."

구지신개 역시 따라 움직였다.

그 당당함과 거침없는 패기에 병사들이 주춤거렸다.

두 사람의 말에 자신들이 모르는 흑막이라도 있는 것은 아닌지 저어했기 때문이고 요 며칠간 안무사가 보여 주었던 무참한 행동도 한 몫 단단히 했다.

율령과 구지신개를 둘러싼 포위망은 점차 뒤로 밀렸다.

율령과 구지신개가 한 걸음을 내디딜 때마다 그만큼 뒤로 물러나기만 했다. 불과 며칠 전 안무사의 엄정했던 군기를 생각하면 도저히 있을 수 없는 일이 벌어진 것이다.

다급해진 왕우량이 버럭 고함을 질렀다.

"뭣들 하느냐? 감히 섬서로의 안무사를 해(害)하겠다 호언장담하는 악적들이다. 어서 쳐라!"

그때 병사들을 지휘했던 장수가 목청을 돋웠다.

"저들의 말은 대체 무슨 소립니까? 악귀 운운에 정체를 밝히면 끝이 난다니요?"

바로 며칠 전까지 왕우량의 심복이었던 부관 심왕진이었다.

"심왕진! 네놈은 지금 이런 순간에 무슨 헛소리를 지껄이는 게냐? 어서 저 악적들을 공격하기나 해라! 어서!"

하지만 심왕진은 물러나지 않았다. 율령과 구지신개의 말에서 무엇인가 느끼기라도 했다는 듯 큰 목소리로 따져 물었다.

"도산지 뭔지 정체가 불분명한 소협은 모르겠습니다만, 곁에 있는 노화자는 분명 개방의 장로로 보입니다. 천하에 명성이 자자한 개방의 장로가 앞으로의 일을 생각지도 않고 이런 일을 벌일 까닭이 있겠습니까? 하니 대답해 주십시오, 장군. 저들이 말한 악귀는 무엇이고 정체를 밝힌다는 말은 또 무엇이란 말입니까?"

"닥쳐라! 네가 감히 직속상관인 본관의 말보다 하잘것없는 무림의 거지 말을 더 신뢰한단 말이냐?"

차앙!

노기를 참을 수 없다는 듯 왕우량이 다시 검을 뽑아 들었다.

"폐일언하고, 지금 당장 저 둘을 공격해라. 그렇지 않을 시엔 군법으로 다스리겠다!"

말을 듣지 않으면 즉결 참형에 처하겠다는 엄포!

그 서슬에 심왕진의 입은 그만 굳게 다물어져야만 했다.

제아무리 의심스럽다고는 하나 누가 뭐라고 해도 왕우량

272 주술왕

은 아직 안무사였고 자신은 그의 부관이었기 때문이었다. 이대로 왕우량이 검을 휘두른다면 자신은 개죽음당할 수밖에 없다.

그때였다.

생각지도 못했던 또 다른 변수가 생겼다.

"어헉! 저, 저놈은 흑랑대 놈들의 방수(防守)!"

흑랑대. 서하를 대표하는 특수부대의 이름 중 하나.

생각지도 못했던 이름의 등장, 거기에 더해 방수라는 말까지 보태지니 모든 사람의 시선이 그곳으로 향했다.

분노로 인해 부들부들 몸을 떨고 있는 몇몇 도사들이 보였다!

그 선두에 화산파의 삼 대 제자인 청일이 서 있었다. 가까운 곳에서 쉬고 있던 그가 무슨 소란인가 싶어 나왔다가 병사들과 대치하고 있는 율령을 본 것이다. 너무나 분노한 나머지 율령 곁에 있던 구지신개는 눈에 들어오지도 않았다.

"네, 네놈이 어떻게 여기에……?"

그때 또 다른 비명성이 들렸다.

"아악! 사형! 사제들이, 이미 주검이 된 사제들의 몸이 처참하게 훼손당했습니다."

시신들을 보관하던 곳을 들여다본 청진이 경악하며 울분

을 토했다. 청일의 눈초리가 역팔자를 그리며 휘었다.

"뭐, 뭐라고? 지금 뭐라고 했느냐, 청진!"

"와서 보십시오, 사형."

청일은 한 걸음에 달려가 사제들의 주검이 있던 창고의 문을 활짝 열어 젖혔다.

그 안의 참상이 적나라하게 드러났다.

이미 죽은 지 오래되어 선혈이 낭자하지는 않았지만 갈라지고 터지고 찢겨져 버린 시신들의 모습은 분명 얼마 전과는 너무나도 많이 달랐다.

그 처참함이라니!

"우웩!"

"허억!"

비교적 가까운 곳에서 있었던 탓에 안의 모습을 들여다볼 수 있었던 병사들 몇몇은 구역질을 했다. 비명을 집어삼켰다.

"우와악! 청산아! 청송아! 내 사제들아! 너희들이 또다시 죽임을 당하다니…… 이 원한을 대체 어찌 다 푼단 말이냐?"

청일은 핏발이 곤두선 눈으로 율령을 노려보았다.

"대관절 네놈은 화산파와 무슨 원한이 그리 사무치기에 내 사제들을 저토록 처참히 두 번씩이나 죽인단 말이냐?"

"······!"

너무나 어이가 없던 나머지 율령과 구지신개는 그저 입만 쩍 벌리고 청일의 하는 양을 지켜봤다. 하도 기가 차니 말도 나오지 않았던 것이다.

그 모습을 지켜보고 있던 왕우량이 이때다 하고 나섰다.

"보아라! 저놈들은 바로 저런 놈들이다. 어서 쳐라! 어서 치란 말이다!"

방금 전까지만 해도 심왕진처럼 미심쩍어 했던 병사들의 눈빛이 확 달라졌다. 섬서로 인근에서 절대적일 만큼 신뢰가 높은 화산파의 도사들이 율령과 구지신개를 적으로 규명해 줬기 때문이었다. 처참하게 변해 버린 도사들의 주검이 병사들의 마음속 깊은 곳으로 숨어들었던 결전 의지를 끄집어냈다.

"이미 죽은 분들의 시신을 또 훼손하다니!"

"제 놈들이 악귀였구먼."

"카악, 퉤! 악귀 같은 새끼들."

청일과 청진의 말에 흐뜨려졌던 군기가 일시에 되살아났다.

허약하기만한 송나라의 상군들 중 그래도 강군으로 소문이 자자한 섬서로의 병사들에 합당한 눈빛들이 여기저기에서 뿜어졌다. 점점 더 거리를 좁혀 들었다.

아득.

'어쩔 수 없다. 지금은 한발 뒤로 물러날 수밖에.'

상황이 더 이상 왕우량을 몰아붙일 수 없는 쪽으로 바뀐 것을 직감한 심왕진은 내심 이를 갈며 명령을 내렸다.

"전원 공격 준비!"

"충!"

차차차착!

율령과 구지신개를 둘러싸고 있던 모든 병사들이 자세를 가다듬었다. 쇠뇌대는 시위를 팽팽히 당긴 채 조준을 했고 검도대는 발검을 한 후 언제라도 뛰쳐나갈 수 있도록 상체를 숙였으며 창수들과 방패수들 역시 차비를 갖췄다.

졸지에 누명을 써 버린 구지신개의 입에서 진노한 목소리가 튀어나왔다.

"이런 멍청한! 설마하니 내가 있는데도 저 멍청한 화산파의 어린놈의 말을 믿는단 말이냐? 저건 우리가 한 일이 아니야! 저기 서 있는 왕우량이란 놈이 한 짓이란 말이다!"

사실을 말한 것이었지만 누구도 믿지 않았다.

그때 청일과 청진이 다시 나섰다. 율령에게 너무나 큰 원한에 사로잡힌 나머지 구지신개마저 율령과 한통속으로 몰아갔다.

"그 무슨 말도 안 되는 소립니까? 개방의 장로씩이나 되시는 분이 흑랑대의 방수와 함께 어울려 다니는 것으로도 모자라 저런 악독한 짓을 한 놈을 감싸 주시다니요!"

"안무사 왕우량 장군이 대체 왜 저런 짓을 벌인단 말입니까? 이 하늘 아래 저런 무도한 짓을 벌일 놈은 흑랑대와 한통속으로 놀아나며 나라를 팔아먹는 저 사이한 술사 놈밖에는 없습니다."

현 무림의 가장 큰 어른 중의 하나인 구지신개를 완전히 깔아뭉개는 말이다. 하지만 청일과 청진은 그런 점을 인식하지도 못했다. 그저 가슴이 시키는 대로 마구 떠들었다.

파르르.

어찌나 화가 치밀어 오르는지 구지신개의 새하얀 수염이 태풍에 휘날리듯 마구 떨렸다.

"평생을 협행에 몸바쳐 온 나 구지신개를 한낱 시신이나 훼손하는 악적으로 몰아? 내 이놈들을 그냥!"

후와앙.

구지신개의 전신에서 지금껏 보지 못한 거창한 기세가 일어났다.

감히 올려다보기조차 힘든 거대한 산악 같은 기운, 그제야 자신들이 도가 지나쳤다는 사실을 깨달은 청일과 청진이 움찔하고 입을 다물었다.

第八章

혼돈(混沌)

1

하지만 모든 것은 이미 너무 늦었다.

왕우량의 입에서 최후의 명령이 떨어졌다.

"쇠뇌대, 십시연사(十矢聯射)! 모든 병사들은 쇠뇌 발사 후 일제히 돌격하라! 감히 서하의 흑랑대와 내통하는 저 악적들을 단숨에 꺼꾸러뜨려라!"

"쇠뇌대 십시연사!"

시시시싯!

명령이 떨어지기가 무섭게 복창 소리와 함께 쇠뇌가 발사

됐다.

소나기 쏟아지는 소리를 이끌고 쏟아진 쇠뇌들이 율령과 구지신개의 전신에 꽂혀들었다. 그 어디에도 피할 곳은 없었다.

"하아아아!"

하늘까지 떨어 울릴 듯한 고함 소리와 함께 구지신개의 손이 공간을 수놓기 시작했다. 청아한 빛을 머금은 손 그림자 아홉 개가 화려하게 피어나 주변을 휘감았다.

율령도 동시에 움직였다.

"차아앗!"

사뿐 걸음을 내디디며 목검을 뽑아 든 율령이 승무를 추는 노승의 가사 자락처럼 하늘하늘 아름다운 곡선을 허공에 수도 없이 그려 내었다.

튀잉. 티티팅. 타라라락.

소나기처럼 쏟아지던 쇠뇌들이 놀랍게도 두 사람의 방어막을 뚫지 못하고 옆으로 튕겨지고 잘려 나갔다.

"컥."

"어억."

그 서슬에 가까운 곳에 있던 창수들만 다수 피해를 입었다.

율령의 목검은 쇠뇌를 깔끔히 잘라 버렸지만 구지신개가

펼친 용음십이수에는 잘게 부서진 암기가 되어 튕겨나갔기 때문이었다.

"돌겨억!"

"우아아아!"

"죽어라. 이 흑랑대 놈아."

쇠뇌대의 연사가 끝나자 나머지 병사들이 일시에 달려들었다.

감히 서하의 흑랑대와 내통하는 매국노들을 기필코 죽여 버리겠다는 듯 필살의 의지가 눈에 담겨 있었다.

"죽어엇!"

선두에서 달려들던 창수가 구지신개를 향해 창을 푹 찔러 넣었다.

구지신개의 손이 가볍게 흔들렸다. 심장을 노렸던 창이 허무하게 밀려나며 병사의 가슴이 드러났다. 구지신개의 손바닥이 병사의 가슴에 가볍게 붙었다 떨어졌다.

퍼엉. 와득.

"커헉."

창수의 갈비뼈 넉 대가 동시에 부러졌다. 창수가 피를 토하며 뒤로 튕겨나갔다. 그 틈을 비집고 방패가 밀려왔다. 그 뒤에 숨어 진입한 검도대가 튀어나오며 검과 도를 동시에 휘둘렀다.

"흥!"

구지신개의 손이 경쾌하게 휘둘러졌다.

터엉. 따앙.

쇠를 덧대어 만든 방패가 종잇장처럼 우그러졌다. 방패를 들었던 병사가 허깨비처럼 훌훌 뒤로 날렸다. 머리를 노리고 떨어지던 검과 도의 중단이 뚝뚝 부러졌다.

쉬가가각.

그 사이를 비집고 휘둘러진 율령의 목검이 병사들의 몸을 사정없이 후려갈겼다.

퍼억. 빠각. 퍼버벅.

요란한 타격음 소리가 울려 퍼졌다. 목검의 위력은 실로 놀라웠다. 어깨를 맞으면 어깻뼈가, 팔에 맞으면 팔뼈가 그대로 부러지고 꺾여 버렸다.

"커억."

"큭."

비명 소리와 함께 목검에 얻어맞은 병사들이 그대로 허물어졌다.

그 누구도 율령과 구지신개에게 공격을 성공시키는 사람이 없었다. 아니, 일 장이란 공간 안으로 진입하기조차 불가능했다. 제아무리 열심히 달려들어도 들어가는 족족 구지신개의 손과 율령의 목검에 허물어졌다.

만부막적(萬夫莫敵)!

단 한 번도 손발을 맞춰 본 적이 없던 율령과 구지신개였지만 둘의 조화는 완벽했다. 상대가 비록 무림의 고수들은 아니었지만 무림의 고수들이라 해도 어쩌지 못할 정도였다. 청일과 청진 등 화산파의 도사들이 바로 그 증거였다.

"……!"

"……!"

율령과 구지신개를 향해 시선을 고정시킨 청일과 청진은 말문이 막힌 듯 입만 쩍 벌렸다. 그들의 눈엔 감탄과 경외감이 가득했다.

창졸지간에 나온 탓에 많은 수의 쇠뇌를 가져오지 못했겠지만 무려 오십에 가까운 병사가 열 발을 연사했다. 그럼에도 상처 하나 입지 않다니. 정말이지 믿기 어려울 정도로 놀라운 합공이었다.

그때 청일의 곁에서 낯익은 목소리가 들려왔다.

"구지신개! 정말 명불허전이로군. 개방의 절기 중 난해함으로 악명 높은 용음십이수를 수위 조절까지 해 가며 저토록 가볍게 펼칠 수 있다니…… 과연 개방의 태상장로, 별호 뒤에 붙은 신개라는 단어가 결코 아깝지 않은 분이군. 한데 구지신개 태상장로님과 함께 검법을 펼치는 저 소협은 대체 누구지? 내 평생 저토록 아름다운 검법은 처음이다. 한데

저런 무서운 위력까지 지녔다니…… 안계가 활짝 열리는 느
낌이야."

깜짝 놀라 옆을 돌아본 청일의 눈이 점점 더 커졌다.

그토록 기다렸던 사문의 어른들이 드디어 도착했기 때문
이었다.

"사숙!"

"크흐흑."

청일의 눈에 그렁그렁 눈물이 맺혔다. 어쩔 수 없이 억눌
러 놓아야만 했던 원한이 서러움이 되어 일시에 터져 나왔
다.

청일과 청진은 사문의 어른인 매화검수 오엽 일행 앞에서
그만 닭똥 같은 눈물을 주르륵 쏟아냈다. 오엽 도장은 청일
과 청진의 어깨를 말없이 다독여 주었다.

그때 가까운 곳에 있던 종남산의 도사들이 오엽과 청일
등이 있는 곳으로 다가왔다. 전쟁터나 다름없이 변한 안무
사인지라 그래도 믿을 만한 사람들이 있는 곳으로 다가온
것이다.

서현 도장이 흑운방의 일로 안면이 있던 오엽에게 아는
체를 했다.

"오랜만이오, 오엽 도장."

"오셨소이까?"

서현 도장이 웃는 낯으로 던진 인사를 오엽 도장은 데면 데면하게 받았다. 인사를 받아주긴 하지만 서현 도장을 살짝 자신의 아래로 깔아보는 듯한 태도였다.

서현 도장의 눈두덩이 꿈틀했다.

하지만 서현 도장은 치밀어 오르는 울화를 꾹 눌러 참았다. 그 울화를 청일과 청진 등 집단으로 울고 있는 화산파의 다른 제자들에게로 돌렸다.

"도호가 청일이었던가? 자네와 사제들은 못 보던 사이 울보가 된 모양이군그래."

이번에는 오엽 도장의 눈초리가 살짝 위로 휘었다. 하지만 오엽 도장 역시 그 감정을 바로 표출하지 않았다. 신경 쓸 가치도 없다는 듯 청일을 향해 고개를 획 돌렸다.

서현 도장의 표정이 다시금 살짝 굳어지는 것을 감지했지만 오엽 도장은 아랑곳없이 자신이 하고 싶은 말만 했다.

"이게 대체 어찌 된 일이냐? 개방의 태상장로이신 구지신개 어르신께서 어찌하여 이곳 안무사의 상군들과 접전을 벌이시는 것이냐? 그리고 어르신을 보조하는 저 소협은 또 누구고?"

오엽의 말에 청일과 청진의 입에서는 봇물 터지듯 저간의 사정이 흘러나왔다. 물론 순전히 자신들만의 생각과 관점에서의 이야기 전개였다.

청일이 손을 들어 올렸다. 율령을 가리키며 외쳤다.

"저놈이 바로 사제들을 해한 원수입니다."

번쩍.

오엽의 눈에서 서슬 파란 불꽃이 튀었다.

"뭣이? 그럼 저놈이 바로 서하의 흑랑대라는 말이냐?"

청일이 보낸 글에는 율령이 흑랑대의 방수라고 적혀 있지 흑랑대 일원이라는 말은 없었다. 하지만 오엽은 율령을 흑랑대 일원으로 생각했다. 병사들 중 상당수가 율령을 공격해 들어갈 때 '죽어라, 흑랑대 놈아.'라고 외쳤기 때문이었다.

"흑랑대원인지의 여부는 아직 모릅니다. 하지만 최소한 저놈이 흑랑대의 방수라는 것만은 확실합니다. 저놈 때문에 사제들이 모두 비명에 쓰러졌습니다."

"확실합니다, 사숙. 그렇지 않고서야 어찌 대화산파의 삼대 제자들이 서하의 흑랑대 따위에게 쓰러질 수 있단 말입니까?"

아득.

오엽의 입에서 섬뜩한 파열음이 흘러나왔다. 당장에라도 검을 뽑아 달려들 듯했다.

그러나 오엽은 섣불리 움직이지 않았다. 어째서 구지신개가 율령과 함께하는 것인지에 대한 의문이 아직 풀리지 않앉기 때문이었다.

구지신개는 개방의 태상장로라는 것 이외에도 한평생 베풀어 온 협행으로 그 이름이 더 높다. 그런 사람이 공연히 율령과 함께 관군에 맞서 싸울 까닭이 없으니 조심해야만 했다.

"그렇다면 묻겠다. 구지신개 어르신께서는 어째서 본파의 원수 놈과 함께하고 있는 것이냐?"

청일과 청진도 곤혹스러운 표정이 되었다. 자신들 역시 그 점이 너무나 궁금했지만 아무리 생각해도 알 수 없었다.

"그, 그것만큼은 저희도 잘……."

"저희도 그 이유를 알고 싶습니다, 사숙."

오엽은 가만히 생각에 잠겼다.

'나를 비롯해 매화검수가 다섯 명에 종남산의 서현 도장과 그의 사제들 역시 우리에 비해 그리 떨어지지 않는 고수들……. 좋아. 저 어린놈은 절대로 이곳을 벗어나지 못한다.'

삼 대 제자들과 사 대 제자들은 어차피 전력에 보탬이 되지 않는다.

하지만 매화검수 다섯에 서현 도장과 그의 사제 다섯이라면 이야기가 전혀 다르다. 율령이 죽어 혼백이 되지 않는 한 이곳에서 탈출할 길은 도저히 없다. 그러니 이제는 구지신개가 어째서 율령과 함께하는지 그 이유를 알아야 할 차례다.

'뭔가 곡절이 있음이야.'

오엽은 자신이 모르는 무엇인가가 있다고 생각했다. 그러지 않고서야 구지신개만 한 노강호가 율령 같은 놈과 함께 어울려 상군에 맞서 싸우지는 않을 테니까.

'대체 뭘까? 대체 무슨 일이기에 구지신개 어르신이 저 원수 놈과 함께 상군에 맞서고 있는 것일까? 자칫 일이 잘못되면 개방에까지 큰 피해가 돌아간다는 것을 누구보다도 더 잘 알고 있을 분이 대체 왜? 어째서 저래야만 했을까?'

그때였다. 가만히 있던 청일의 입에서 뜻밖의 말이 흘러나왔다.

"호, 혹시…… 홀리신 것 아닐까요?"

"홀려? 그건 또 무슨 말이더냐?"

"저놈, 제가 전해드렸던 전서에도 나와 있겠지만…… 정말이지 놀라운 술법사입니다. 제가 생각하기에, 이미 오래전 멸절했다고 알려진 배교의 술법사가 사술을 부린다면 바로 저놈이 부린 술수와 가장 비슷하지 않을까? 하고 생각합니다."

청진이 말을 받았다.

"맞습니다. 그날 밤, 부끄럽지만 저놈의 손에 제자들 모

· 두는 소매화검진까지 펼쳐 맞섰음에도 불구하고 십여 초 만에 쓰러졌습니다. 그때 저 악적이 마지막으로 펼친 괴이한 술수만 생각하면!"

부르르.

다시 생각해도 공포스러운 듯 청일과 청진이 동시에 몸을 떨었다.

오엽 도장의 눈이 반짝 빛났다. 절로 고개가 끄덕여졌다.

"그래, 충분히 가능한 일이지. 화산파 역시 그 뿌리는 도문, 이미 오래전에 유실되어 버렸지만 옛 화산파의 절기 중에는 도술 같은 것도 많이 있었다고 들었다. 그 위력 역시 절대로 무공의 아래가 아니었다고들 전해지지. 하니, 저놈이 진정 배교의 술법사라면 제아무리 경험 많은 노강호라 해도 충분히 홀릴 수 있을 법도 해."

오엽은 그렇게 생각을 굳혔다.

물론 한편으로는 그것이 불가능하다는 생각이 지배적이었다.

도술이라니!

그런 케케묵은 옛날이야기를 어찌 믿겠는가?

무공을 신의 경지에 다다를 정도로 익힌 전설 속의 무황이 일 검에 산허리를 두 동강 냈다는 말은 믿어도 도술 같은 것이 있다거나 그것을 누가 펼쳤다는 말은 도저히 믿지 못한다.

그러나 오엽은 구지신개가 율령이 펼친 술법에 당해 이런 일을 벌이는 것이라고 몰고 가기로 마음먹었다. 그래야 원수 놈만 처치하고 구지신개의 누명은 풀어 줄 수 있을 것이 아니겠는가?

'그렇게 할 수만 있다면 구지신개, 아니 개방이 본파에 커다란 빚을 하나 지게 되는 것이지.'

그러나 오엽의 상념은 길게 이어지지 않았다.

시신들이 들어 있던 곳을 들여다본 서현 도장이 비명에 가까운 노성을 터뜨렸기 때문이었다.

"장진 도자—앙!"

오엽을 비롯한 모든 도사들의 시선이 문 쪽으로 확 돌아갔다.

살짝 열린 문틈 사이로 참담하기만 한 풍경이 가감 없이 눈에 들어왔다.

"……!"

오엽의 눈이 점점 더 커지는가 싶더니 이내 흉신악살을 대하듯 눈초리가 위를 향해 확 휘었다. 오엽의 입에서 얼음장 같은 목소리가 흘러 나왔다.

"누구냐! 감히 어떤 놈이 이미 고인이 된 대화산파의 제자들의 주검을 또다시 난도질한 게냐?"

청일의 손가락이 다시 한 번 싸움 한복판을 가리켰다.

"저기 저놈입니다, 사숙!"

그 손가락 끝에 율령이 놓여 있었다.

아드득.

차앙!

오엽이 이를 갈며 검을 뽑아 들었다. 그 곁에 오엽과 같은 표정을 한 매화검수들과 삼, 사 대 제자들이 검을 뽑아 든 채 명령이 떨어지기만을 기다렸다.

2

"뭣들 하느냐? 물러서지 마라. 저 악적 놈들을 어서 죽여버리란 말이다."

왕우량이 고래고래 고함을 질렀다.

하지만 병사들은 그 명령을 따르지 않았다. 아니, 그 명령을 따를 사람과 힘이 더 이상 없다고 해야 정답에 가깝다.

강유가 조화된 율령과 구지신개의 조합은 그야말로 만부막적이었다. 두 사람의 주위에는 어딘가 부러지고 터진 채 쓰러져 꿈틀대는 사람들만 가득했다.

그러니 왕우량의 애끓는 노성이 귀에 들어오긴 했어도 누구 한 사람 움직일 수가 없었다. 그나마 성한 병사들은 두려움과 무력감에 질린 나머지 나무가 되어 땅에 뿌리라도 내린 듯 제자리만을 지키고 있을 따름이었다.

더 이상 달려드는 병사가 없자 율령은 왕우량을 향해 목검을 들어 올렸다.

"부끄러워 말고 덤벼, 새끼야."

"가, 감히."

"감격스러워 하긴, 새끼……. 병사들은 얼추 정리가 된 듯하니 이젠 네놈 차례야."

구지신개가 그 말을 받았다.

"네놈만 잡으면 끝이다. 이제야말로 네놈의 정체를 밝힐 차례지. 각오해라."

"……?"

씽긋 웃으며 구지신개를 돌아보았던 율령의 눈이 살짝 찌푸려졌다. 구지신개의 표정과 목소리에서 무엇인가 석연찮은 점을 느낀 것이다.

"괜찮아요? 어디 다친 곳은 없는 듯한데 표정이 어째……."

"녀석도 참…… 염려하지 마라. 네 녀석이 걱정할 만큼 노부는 허약하지 않다."

그러나 율령의 표정은 계속해서 어두워졌다. 구지신개에

게서 굉장히 우려스러운 점을 발견해 냈기 때문이었다.

'손등에 검붉은빛이 돌고 있어!'

검붉은빛은 바로 왕우량이 뿜어내던 마령의 기운!

율령은 구지신개의 변해 버린 손등을 보는 순간 바로 알아 차렸다. 더불어 현재 상태도 짐작할 수 있었다.

'마기! 마기가 침습했다. 틀림없어.'

내공과는 전혀 다른 힘이지만 분명히 내공과 비슷한 힘을 발휘하는 마령의 기운은 구지신개가 왕우량과 손속을 나눌 때 스며들었을 것이다.

'아까 분명히 내공으로 털어내는 것을 봤었는데…….'

첫 번째 손속을 교환하고 난 후 구지신개는 침습한 마기를 강하게 뿜어냈었다. 확실했다. 자신의 눈으로 똑똑히 봤었다. 하지만 놀랍게도 모두 빠져나가지 않은 모양이다.

아니, 왕우량과 손속을 나누면 나눌수록 마령의 기운은 계속해서 구지신개의 몸속으로 스며들었고 시나브로 축적이 되었던 것 같다. 마령의 기운이 이미 상당히 번진 것으로 보아 내공의 수발이 원활하지 않고 고통도 심하리라.

'이런 멍청한! 아까 분명히 쉽지만은 않은 상대가 될 것이라고 짐작해 놓고도 왜 방심했지?'

분명히 어느 정도 짐작은 했었다. 하지만 구지신개가 너무 돌발적으로 손을 쓰기 시작했고 자신 또한 구지신개의 힘을 너무 과신한 것이 실수였다.

'주술에서 비롯된 힘은 역시 무공만으로는 막을 수가 없어.'

주술은 무공과는 그 궤를 전혀 달리 한다.

무공에 힘을 실어 주는 내공은 호흡을 통해 천지간의 기운을 끌어와 단전에 축적하고 쓰면 되지만 주술에는 내공뿐만이 아니라 혼원력이라고 하는 힘이 더 필요하다.

혼원력은 이 하늘 아래 생명이라면 누구나 다 가지고 있는 혼(魂)이 가지고 있는 힘을 뜻하는데 정신력과 비슷하면서도 전혀 다른 뭇 생명의 근원적인 힘이었다.

정신력은 수련하기에 따라 더 키울 수도 있지만 혼원력은 태어날 때 만들어진 그릇을 절대로 뛰어 넘어설 수 없다. 그렇기에 강한 주술을 펼치기 위해서는 여러 혼들의 힘을 하나로 엮어야만 한다. 그래서 주술사나 무당들이 여러 신(神) 혹은 귀(鬼)를 모시거나 몸에 받아들이는 것이다. 그래서 혼원력은 또한 혼원력(魂援力)이라고도 불린다.

아득한 과거 도문의 깨달음이 깊은 이가 펼쳤다던 도술 역시 이와 같은 방법으로 펼쳐진다. 다만 다른 것이 있다면 도술사는 주술사나 무당들과는 달리 선계의 존재나 선한 영(靈)들의 힘을 모아 펼치고 그 힘을 도력 또는 영력이라 부른다는 것이 다를 뿐이다.

'어쩐지 손 그림자가 아홉 개밖에 안 나오더라니⋯⋯.'

쇠뇌가 쏟아질 때가 떠올랐다.

물론 그것만으로도 충분하다고 생각했기 때문에 아홉 번의 변화만 일으켰을 수도 있다. 하지만 율령은 침습한 마령의 기운 때문에 방해를 받은 것이라 생각했다.

'빨리 손을 써야만 해.'

그렇지 않으면 구지신개의 무공은 영영 이대로 퇴보해 버릴 뿐만 아니라 자칫 잘못하면 주화입마를 맞아 목숨마저도 위험에 처할 수 있다.

'최대한 빨리 이 일을 마무리 짓는다.'

율령은 숨겨 놓은 힘을 살짝 드러내는 한이 있더라도 이 상황을 빨리 마무리 짓기로 결심했다. 이렇게 사람들이 많은 자리에서 주술을 펼치기는 싫었지만 별수 없었다.

그때였다.

휘릭. 휘리리릭.

나직한 바람 소리와 함께 일단의 무인들이 율령과 구지신개의 앞을 가로막으며 내려섰다. 오엽을 비롯한 매화검수들과 서현 도장을 위시한 종남산의 도사들이었다.

율령의 눈살이 잔뜩 찌푸려졌다.

'또 화산파야?'

이젠 하얀 도복과 매화 모양만 봐도 지긋지긋했다.

무슨 놈의 멍청이들이, 아무리 사실을 말해 줘도 믿지 않는다.

아니, 그뿐이면 모르겠는데 제멋대로 오해까지 한다. 그 덕에 이런 상황이 되어 버렸다.

칼날 같은 눈으로 그들을 쓸어 보던 구지신개가 노기 가득한 음성을 토해 내었다.

"오엽! 오랜만이로구나."

"구지신개 태상장로님. 그간 강녕하셨습니까?"

"나야 잘 지냈다만, 오늘은 어째 황당한 일의 연속이로구나."

구지신개의 시선이 청일과 청진을 향했다.

"마빡에 피도 마르지 않은 놈들이 나를 매국노로 모는 것으로도 모자라 나 구지신개를 이미 죽은 시신을 난도질이나 하는 변태로 몰더구나."

움찔한 청일과 청진이 격렬히 고개를 흔들었다.

"저희가 언제 그랬습니까?"

"저희는 단지 어르신께서 저 흑랑대의 방수 놈을 감싸고 돈 것을 말했을 따름입니다."

"그뿐만이 아닙니다. 어르신께서는 저 흑랑대의 방수 놈이 제 사제들의 주검을 훼손한 것도 아니라고 우기셨잖습니까?"

구지신개가 뭐라고 하기도 전에 가만히 듣고만 있던 율령이 풀썩 웃었다. 같잖아 죽겠다는 듯 비릿한 미소를 지으며 비꼬는 어조로 입을 열었다.

"네가 봤어?"

반응이 바로 왔다. 청일이 입에 거품을 물고 악을 썼다.

"이 악적아, 보지 않았어도 알 수 있다. 정황상 네놈 이외에 또 누가 있단 말이더냐?"

"벼엉신! 또 삽질하고 있네."

"뭐, 뭐라?"

"말을 삼가라, 이 악적아."

버언쩍!

율령의 눈이 순간 섬뜩한 빛을 발했다.

청일과 청진이 흠칫 놀라며 뒤로 한 발 물러섰다. 눈빛에 놀라 자신도 모르는 사이 몸이 절로 반응한 것이다. 여전한 눈빛으로 율령이 선언했다.

"다시 한 번 말하지. 내 이름은 율령, 나는 불구대천의 원수를 찾기 위해 움직일 뿐 서하의 흑랑대와는 아무런 관련이 없다. 때마침 그곳에 있었기에 상황을 모두 보았고, 허무하게 스러진 이들이 안타까워 천도제를 간단히 지내준 것이 죄라면 죄일 뿐이다."

"거, 거짓말."

"네, 네놈이 돕지 않았다면 흐, 흑랑대 따위가 어찌 화산파의 삼 대 제자들을 해(害)할 수 있단 말이야?"

아득.

"겨우 그따위 알량한 이유로 여태 나를 흑랑대의 방수로 몰았단 말이냐?"

"그, 그건……."

말을 더듬는 청일을 보며 구지신개가 기가 막힌다는 투로 말을 이었다.

"정말 어처구니가 없는 놈이군. 그 장면을 직접 본 것도 아니고, 아무 상관도 없는 제 놈의 사형제를 천도까지 해 준 사람이 그렇게 아니라고 하는데도 불구하고 계속해서 흑랑대의 방수라고 우기는 이유가 대체 뭐지? 그렇게도 핑계가 필요했나? 응?"

핑계라는 말!

그제야 이해가 간다는 듯 율령이 말을 이었다.

"그래, 그런 모양이군. 너희가 그렇게나 자랑스러워하는 대화산파의 무인들이 겨우 서하의 흑랑대 따위에 모두 쓰러져 버렸으니 그에 합당한 핑계가 필요했던 것이로군."

"아, 아니야. 우리는 분명히 네가…… 그러니까 정황상 우리는 네가 흑랑대의 방수일 것이라고……."

청일의 말을 듣고 있던 오엽의 얼굴이 사정없이 일그러졌다.

'저런 병신 같은 놈!'

절로 욕이 튀어나올 정도다.

전서에 대놓고 흑랑대의 방수가 있어서 당했다고 적어 놓았기에 틀림없이 그에 합당한 증거나, 하다못해 직접 눈으로 목격하기라도 했거니 생각했던 자신이 원망스러울 정도였다.

'하지만 어쩔 수 없어. 이미 기호지세(騎虎之勢)야.'

여기서 더 밀리면 화산파의 이름이 시궁창에 떨어지게 된다.

직접 목격한 것도 아니고 증거도 없이 애꿎은 사람을, 그것도 죽은 이들에게 천도제까지 지내준 사람을 모함한 것은 물론이고 구지신개에게 실수한 것까지 포함하면 화산파는 앞으로 고개를 들 수 없게 될지도 모른다.

오엽은 다급히 청일을 향해 전음을 보냈다.

『이런 멍청한 놈.』

『……!』

『너는 지금부터 단 한 마디도 하지 말거라. 그리고 네놈이 저지른 실수에 대한 징벌은 사문에 돌아가서 처리하겠다.』

청일의 입을 틀어막은 오엽은 상황을 다시 되돌리기 위해

애를 썼다. 율령에게 흑랑대의 방수라는 누명보다 더욱더 지독한 것을 씌우기 위해 몰아갔다.

"네놈이 흑랑대를 도왔는지 아닌지, 그거야 차후 조사해 보면 알 일이다. 하나, 나는 네게 묻지 않을 수 없다. 네놈 손으로 천도제까지 지낸 이들의 시신을 대체 왜 저토록 잔인하게 훼손했느냐?"

"하! 정말 신기한 놈들이군. 왜 화산파 놈들은 하나같이 생각이란 것을 할 줄 모르지?"

"이놈! 말을 삼가거라. 나 오엽은 대화산파의 이 대 제자이자 매화검수인 사람이다. 무림의 배분을 굳이 따지지 않아도 네놈보다 한참이나 어른이거늘 어찌 그런 망발이란 말이더냐?"

"지랄도 풍년이다. 네놈 같으면 이런 상황에 말이 곱게 나오겠냐? 그리고 나는 무림인이 아니야. 그러니 내게 무림의 배분이네 뭐네 따지지 마. 그리고 또 뭐? 어른? 우리 집안에는 너 같은 어른 없거든? 내가 쫓는 원수 놈 때문에 고아 신세야, 새끼야."

"이, 이놈이 감히!"

오엽의 손에 들린 검이 파르르 떨렸다. 당장이라도 휘둘러 율령의 목을 하늘 높이 날려 버리고 싶은 것 같았다.

"어험, 험. 유, 율령아. 그 녀석도 참, 성질나는 것은 알겠는데 말은 좀 삼가거라. 쟤가 쫌 동안이긴 한데…… 그래도 너보다 나이를 한참이나 더 먹었단다."

구지신개마저 나서서 율령을 자제시켰다.

하지만 율령은 콧방귀도 뀌지 않았다.

"저는 합당한 사람이 아니면 그 누구도 존중하지 않아요."

합당한 사람이라…….

도문에서 무문으로 뒤바뀐 화산과 종남 그리고 그 문파들과 처지가 같은 문파의 도사들을 한데 싸잡은 비난이다. 율령은 세속에 물든 그들을 신랄하게 비판하는 것이었다.

"쩝. 그 녀석도 참……."

그 속내를 짐작했는지 구지신개도 더 이상 뭐라 하지 않았다.

율령은 예의 그 섬뜩한 눈빛을 한 채 오엽의 눈을 똑바로 쏘아 보았다.

"그리고 저 시신들 말인데…… 너 같으면, 네 손으로 천도제까지 지낸 사람들 시신을 마구 난도질하고 싶을 것 같으냐?"

"……!"

율령은 목검을 들어 왕우량을 가리켰다.

"저놈, 바로 저놈 짓이다."

모든 사람들의 시선이 일시에 왕우량을 향해 움직였다.

3

왕우량이 펄쩍 뛰며 분노했다.

"이 악귀 같은 놈. 대관절 네놈은 나와 무슨 억하심정이 있기에 그런 말도 되지 않는 모함을 하는 것이냐? 내가 대체 왜? 무슨 이유로 그런 짓을 하겠느냐 말이다!"

씨이익.

율령의 입가에 서늘한 미소가 걸렸다.

"왜냐고? 네놈은 과거의 왕우량이 아니니까. 왜 아니냐고? 그거야 당연히 네놈이 마령인형술에 걸려 네놈이 말하는 그 악귀에 씌어 버렸으니까."

"이놈! 생사람 잡지 마라. 그런 바보 같은 말을 누가 믿겠느냐?"

"누가 믿긴? 요 며칠 동안 네놈의 행동을 지켜본 네놈의 수하들이 믿겠지. 너 요 며칠 동안 계속해서 피를 봤지? 아무것도 아닌 일을 트집 잡아 애꿎은 목숨을 끊었지? 다 이해해. 그게 원래 그런 거야. 아무 이유 없이 피를 보고 싶고, 누군가를 죽이고 싶고 계속해서 그 힘을 휘두르고 싶은 거란 말이야, 이 새끼야. 원래 마령인형술에 당해서 마령의 기운에 씌면 그렇게 되게 되어 있어. 그 힘에 완전히 익숙해지기 전엔 말이야."

너무나 놀라운 말의 연속에 사람들은 혼란에 빠졌다.

하지만 병사들 중에는 슬쩍 고개를 끄덕이는 사람도 생겨났다.

율령의 말처럼 요 며칠 왕우량의 행동은 지나치게 이상했으니까.

왕우량은 별것도 아닌 일에 군법을 내세워 칼을 휘둘렀으며 직접 채찍질도 가했다. 흡사 피에 굶주린 사람처럼 피 보기를 주저하지 않았다.

잠자코 지켜보던 심왕진이 목청을 돋웠다.

"너는 대체 누구냐? 대관절 정체가 무엇이기에 그런 사실들을 낱낱이 알고 있느냐?"

"나?"

율령은 활활 타오르는 눈으로 좌중을 쓸어 보았다.

선포하듯 묵직한 목소리를 발했다.

"정식으로 소개하지. 나 율령은, 이제는 잊혀 버린 고대의 주술의 마지막 계승자. 이 하늘 아래 존재하는 모든 주술의 우두머리. 그것이 바로 나 율령이다."

"……!"

구지신개를 제외한 모든 사람의 입이 쩍 벌어졌다.

아득히 오래전에 사라져 버린 것으로만 알았던 고대의 주술의 마지막 계승자라니!

게다가 이 하늘 아래 존재하는 모든 주술의 우두머리라고? 전혀 상상치 못했던 대답이고 또한 절대로 믿지 못할 대답이었다.

그 예로 질문을 던졌던 심왕진마저 다시 눈을 질끈 감아 버렸다.

주술사라니!

겨우 이런 사이한 존재에게 희망을 걸었던 자신이 불쌍해질 정도였다. 심왕진의 낙담은 그만큼 컸다. 하지만 심왕진은 아직 완전히 포기하지 않았다.

'그래도 아직은 몰라. 개방의 장로가 그냥 그저 그런 주술사의 말만 듣고 함께 행동하지는 않았을 테니까.'

심왕진이 다시 입을 열었다.

"증거가 있느냐?"

"증거?"

"그래, 증거. 네가 너 스스로를 변호했던 것처럼, 너는 네 말에 대한 증거를 제시해야만 할 것이다. 네가 주술사이기 때문이라는 말로는 증거가 되지 않아."

만에 하나 증거만 있다면 내가 너의 편이 되리라!

심왕진은 그 뒷말을 가까스로 삼켰다.

율령은 다시 왕우량을 바라보았다.

"네 눈엔 똑똑히 보여. 물론 원하는 사람에게도 내가 보는 것을 보도록 해 줄 수도 있지. 하지만 표정들을 보아하니 내가 주술사라는 말에 완전히 신뢰를 버린 표정들이네? 내가 진실을 보도록 해 줘도 절대로 믿지 않겠지?"

그때까지 입을 봉하고 있던 청일이 다시 고함을 버럭 질렀다.

"보십시오, 사숙. 제 스스로 주술사라고 하지 않습니까? 저놈이 뭔가 수작을 부린 겁니다. 저놈의 주술에 걸려 구지신개 어르신이 속고 있으신 걸 겁니다. 저 악랄한 놈이 구지신개 어르신을 속이고 다시 한 번 사제들의 시신을 훼손한 것은 악독한 주술을 연마하기 위해서일 것이란 말입니다."

이번에는 제법 일리가 있는 말이다.

또한 시의적절하게 필요한 말이기도 했다.

오엽이 고개를 끄덕였다. 청일의 말을 두둔했다.

"네 말이 옳다. 그렇지 않고서야 어찌 개방의 태상장로이신 구지신개 어르신 같은 노강호가 애꿎은 안무사 왕우량 장군을 마귀에 씐 사람이라는 엉터리 같은 말을 하며 상군과 드잡이질을 할 수가 있단 말이냐?"

구지신개는 기가 차서 율령을 바라보았다. 율령도 마침

구지신개를 향해 고개를 돌렸다. 두 사람의 눈이 서로 마주쳤다.

피식.

율령이 그만 풀썩 웃고 말았다.

그 모습을 지켜보던 구지신개가 고개를 절레절레 흔들었다.

구지신개는 율령의 눈빛을 믿었다. 또한 자신의 눈과 경험 역시 믿었다. 율령은 정말 그런 주술을 펼 수 있어도 자신에게 그런 주술을 걸 종류의 인간이 아니었다.

"내 살다, 살다 오늘처럼 망신살이 뻗친 날이 언제 또 있었던가?"

구지신개가 살짝 발을 굴렀다. 그러자 곁에서 나뒹굴던 튼실한 봉 하나가 허공으로 튕겨졌다. 봉은 구지신개의 손에 빨려들 듯 잡혔다. 율령의 목검에 매끈히 잘린 창의 하단이었는데 휘두르기에 무척이나 좋아 보였다.

"사증손뻘 되는 놈에게 막말을 들은 것은 둘째 치고 흑랑대의 방수를 돕는다며 매국노란 말도 들어 보고, 시신을 훼손하는 악귀 같은 놈의 옹호자라는 말도 들어 봤으며, 하다 하다 이제는 사술에 홀렸다는 말까지 들었으니…… 평생 협행으로 쌓아 온 구지신개란 이름이 오늘로서 끝장이 났구나."

구지신개가 눈높이까지 봉을 들어 올렸다. 매화검수들과 종남산의 도사들을 가리키며 봉으로 스윽 훑었다.

"덤벼라, 이 귀머거리에 봉사 같은 놈들아. 구지신개란 이름을 걸고 내가 오늘 이 자리에서 율령 저 아이의 말이 진실임을 증명해 보이겠다."

구지신개의 손에 들린 봉이 하늘에 비스듬히 세워졌다.

"스으으읍—!"

구지신개가 숨을 아주 깊이 그리고 아주 길게 들어 마셨다.

한없이 이어질 듯 들이마시던 숨을 어느 한순간 딱 멈추었다.

그러자…….

후우우웅.

봉에서 신비로운 진동음이 울려나오기 시작했다. 구지신개의 자세가 낮아졌다. 낮아진 그의 발을 중심으로 한 줄기 회오리가 일더니 점점 더 범위를 넓혀가기 시작했다.

이제는 이름을 아는 이조차 드문 개방의 절기, 천화봉법이 발동할 차비를 갖췄다.

"내가 이래서 함께할 수밖에 없었다니까!"

고민 끝에 휘은의 술을 풀고 구지신개와 함께하기 위해 나섰던 일을 말함이다. 율령은 목검을 허리로 되돌렸다. 구지신개가 자신의 결백을 위해 저렇듯 진지하게 나오는데 언제까지 목검을 들고 장난하듯 할 수 없었기 때문이었다.

버언쩍!

율령의 두 눈에서 뇌전과도 같은 광채가 순간적으로 뿜어졌다.

율령은 지금껏 사용하지 않았던 목궤에서 색다른 부적을 뭉텅 뽑아 들었다. 보통은 괴황지에 경면주사로 그린 부적을 사용했었지만 이 부적은 특이하게도 은(銀)으로 그려져 있었다. 율령은 왕우량을 똑바로 노려보며 부적을 하늘에 뿌렸다.

파라락.

하늘 높이 던져진 부적들이 살랑살랑 하늘거리며 눈송이처럼 떨어져 내렸다.

"조금만 기다려. 장담하지. 오래 걸리지 않을 거야."

율령이 손바닥을 소리 나게 마주쳤다. 봉황의 나래와도 같은 멋진 결인이 만들어졌다. 결인을 맺었던 율령의 두 손이 활짝 펼쳐졌다. 율령의 입에서 벼락같은 일갈이 터져 나왔다.

"신 · 지 · 선 · 포(神地宣布)!"

화르르륵!

눈송이처럼 떨어지던 부적들이 일제히 타올랐다. 괴황지

는 타 없어졌다. 하지만 은으로 그려진 글자와 도형은 허공에 덩그러니 남아 빛나고 있었다.

참으로 신비로운 광경이었다. 빛을 발하는 글자와 도형이 빙그르 회전하는가 싶더니 이내 둥그런 원을 그리며 땅바닥에 벼락처럼 꽂혔다.

화아악!

은으로 써진 글자와 도형이 떨어진 땅에서 은빛 찬란한 광채가 폭발하듯 땅을 타고 번져 갔다. 삽시간에 오엽을 비롯한 매화검수들과 서현을 비롯한 종남산 도사들을 지나쳤다. 병사들이 있는 곳까지 순식간에 퍼졌다.

"허어억!"

왕우량이 기함을 발했다.

땅을 타고 놀라운 속도로 번져오는 저 은빛 광채의 범위에 포함되면 절대로 안 된다는 느낌이 본능적으로 들었다.

"이익."

왕우량은 재빨리 뻗어오는 빛에서 벗어나려고 했다. 그러나 땅을 타고 번지는 광채는 너무나 빨랐다. 신법을 펼치려 마음먹는 순간 이미 왕우량을 지나쳐 버렸다.

은빛 광채의 범위는 무려 십오 장.

반짝 반짝 반짝.

그 넓은 공간의 땅이 은빛으로 상서롭게 빛나기 시작했

다.

흠칫 놀랐던 병사들은 자신들 몸에 아무런 반응이 없자 고개를 갸우뚱했다. 자신들끼리 떠들기 시작했다.

"이, 이게 뭐야?"

"나도 몰라! 내가 어떻게 알겠어?"

"하긴…… 야! 그런데 이거, 이 빛에 휩싸여도 우리 괜찮을까?"

"그, 글쎄?"

"근데…… 이거 의외로 조금 편안한 느낌인데?"

여기저기에서 그 병사의 말에 동조했다.

"그, 그렇지? 이상하게 마음이 포근해지는데?"

"내 느낌인데, 저 빛은 우리를 공격할 마음이 없는 것 같아."

"야, 그게 말이 되냐? 네 말대로라면 빛이 공격을 하고 안 할 의지를 스스로 지녔다는 뜻이잖아."

"그게 말이 안 된다는 건 나도 잘 아는데…… 하여튼 느낌이 그래. 빛 안에 있으니까 괜히 마음이 편안해지고…… 그냥 그러네."

"그건 나도 그래."

은빛의 범위 안에 든 병사들은 율령과 구지신개로부터 입었던 두려움과 공포와 무력감을 모두 잊었다. 뼈가 부러지고 꺾인 고통도 완화되는 듯했다. 여기저기 뒹굴던 병사들의 입에서 흘러나오는 비명 소리가 한결 줄어들었다.

그러나 정반대인 사람도 있었다.

"우아악!"

왕우량의 입에서는 고통스러운 비명이 토해졌다.

은빛의 범위에 포함된 순간 몸속에 가득한 마령의 기운이 진저리를 쳤다. 도저히 있을 곳이 못 된다는 듯 도망치기 위해 사력을 다했다. 이리저리 마구 요동쳤다. 숨어들기 위해 내부를 휘저었다. 그 바람에 왕우량의 고통은 점점 더 심해졌다.

신지선포는 말 그대로 신성한 땅을 만들어내는 주술!

신성한 땅에 사이한 존재는 절대로 발붙이고 있을 수가 없다. 그대로 소멸당하는 것이 순리다.

전투 의지를 불태우던 구지신개마저도 휘둥그레진 눈으로 주변을 두리번거렸다. 그러다 구지신개는 문득 몸속 깊은 곳에서부터 밖을 향해 밀려오는 아련한 통증을 느낄 수 있었다.

"으응? 이, 이게 대체?"

그때였다.

푸스스.

몸속 깊은 곳에서부터 검붉은 기운이 은은히 번져 오는가 싶더니 이내 한 줄기 연기로 변해 사라져 버렸다.

"......!"

구지신개의 눈이 동그래졌다. 누가 말해 주지 않아도 그 것이 무슨 현상인지 깨달아졌다. 몸속에 깃들었던 마령의 기운이 정화되는 것이었다.

'사라졌다! 이젠 괜찮아졌어!'

혈맥을 틀어막은 채 내공의 운행을 방해하는 것으로도 모자라 혈맥을 굳혀 가던 마령의 기운이 모두 사라져 버렸다. 애초에 깃들지 않았던 것처럼 깨끗해졌다.

"이런 뻘쭘할 때가 있나?"

주위를 둘러보던 구지신개는 조금 허탈해졌다.

난생처음 겪어 보는 주술에 적이 당황한 듯 매화검수들과 종남산의 도사들 모두가 어리둥절해하고 있었기 때문이었다. 그들은 아직도 싸울 차비도 하지 않고 있었다.

그때 율령의 목소리가 옆에서 들렸다.

"하여간, 내 영감님처럼 쌈박질 좋아하는 사람은 처음 봐요."

"어험, 험."

구지신개는 슬그머니 내공을 거둬들였다.

"그 몽둥이도 내려 놔요. 이제 그럴 필요 없어요."

"무, 무슨 말이냐?"

"저길 봐요."

율령은 턱을 끄덕여 한 곳을 가리켰다. 구지신개의 시선이 율령이 가리킨 곳을 향했다. 그 끝에는 지독한 고통에 몸부림치는 왕우량이 있었다.

"……!"

구지신개의 두 눈이 점점 더 커졌다.

"크으윽! 크아아악!"

왕우량의 입에서 흘러나오는 처절한 비명 소리가 쩌렁쩌렁 울려 퍼졌다. 그 소란에 모든 사람들의 시선이 왕우량을 향해 몰렸다.

"으헉!"

"저, 저게 뭐야?"

"아, 악귀다!"

왕우량 곁에 있던 병사들이 화들짝 놀랐다. 도망치듯 왕우량 곁에서 멀어졌다. 왕우량의 얼굴에 검붉은빛을 한 또 다른 얼굴이 겹쳐 보였기 때문이었다.

그것은 바로 악귀였다.

〈다음 권에 계속〉

수 라 왕

이대성 신무협 장편소설

NAVER 웹소설 인기 무협 『수라왕』,
책으로 다시 돌아오다.

산법에 뛰어난 재능을 지닌 명석한 소년, 초류향.
진리를 깨우치고 숫자로 세상을 보게 된 소년,
그가 강호에 첫발을 내딛는다.

인물들의 외전과 뒷이야기를 정리한 설정집 수록!

★
dream
books
드림북스

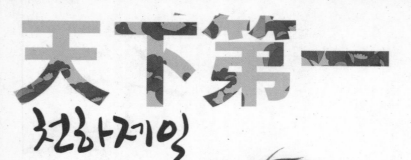

天下第一
천하제일

ORIENTAL FANTASY STORY & ADVENTURE
장영훈 신무협 장편소설

완전판으로 돌아온 NAVER 웹소설
무협 부문 최고의 인기작!

1년 후 강호가 멸망한다.
그것을 막을 자는 인시에 태어난 이화운뿐.
그를 찾아 위기에 빠진 강호를 구하라!

미모와 실력을 겸비한 여인 설수린, 수수께끼의 사내 이화운.
예견된 운명을 뒤집으려는 그들의 파란만장한 여정이 시작된다.

dream
books
드림북스

오렌 퓨전판타지 장편소설

FUSION FANTASY STORY & ADVENTURE

환야의 역사상 최강의 마왕,
모두가 그를 일컬어 마체(魔帝)라 불렀다.

幻野魔帝
환야의 미체

dream
books
드림북스

정령왕

엘퀴네스

개정판

이환 판타지 장편소설

『숲의 종족 클로네』, 『은빛마계왕』의 작가,
이환 대표작 『정령왕 엘퀴네스』완전 개정판!

어설픈 정령왕의 좌충우돌 모험기를 다시 만난다!

컬러 일러스트 · 네 칸 만화 · 캐릭터 프로필 & QnA
매권 미공개 외전 수록!

dream
books
드림북스